Charmed

ZAUBERHAFTE SCHWESTERN

Band 2

Schwarze Küsse

Roman
von Brandon Alexander

Deutsch von Torsten Dewi

Wunderlich Taschenbuch

Erstveröffentlichung bei Pocket Books, New York 1999
Titel der amerikanischen Originalausgabe: *Kiss of Darkness*
von Brandon Alexander

Das Buch »Charmed – Zauberhafte Schwestern;
Schwarze Küsse« von Brandon Alexander entstand auf der
Basis der gleichnamigen Fernsehserie von Spelling Television,
ausgestrahlt bei ProSieben.

Veröffentlicht im Rowohlt Taschenbuch Verlag,
Reinbek bei Hamburg, August 2004
Lizenzausgabe mit freundlicher Genehmigung
der Egmont vgs verlagsgesellschaft, Köln

Umschlaggestaltung Cordula Schmidt
(Foto: © Spelling Television 1999)
Druck und Bindung Clausen & Bosse, Leck
Printed in Germany
ISBN 3 499 26551 6

1

*I*CH KANN IMMER NOCH nicht glauben, dass das Jahr so schnell vergangen ist.« Prue Halliwell sah ihre jüngere Schwestern an, mit denen sie im *Railyard Café* in der Nähe des Buckland Auktionshauses zu Mittag aß. »Es ist schon wieder Silvester! Wie ist das nur passiert?«

Die fünfundzwanzigjährige Piper räusperte sich. »Na ja, das letzte Jahr war ja auch ein bisschen sehr ... hektisch, wenn du verstehst, was ich meine.«

»Das kannst du laut sagen«, pflichtete Phoebe ihr bei.

Prue nippte an ihrem Eistee. Sie haben Recht, dachte sie. Das letzte Jahr war ein Jahr voller Veränderungen. Großmutter ist gestorben und hat uns Halliwell Manor vermacht, das Haus, in dem wir aufgewachsen sind. Piper und ich sind wieder eingezogen, und Phoebe kam aus New York, um ebenfalls dort Unterschlupf zu finden.

Und Prue erinnerte sich noch gut daran, dass es Phoebe war, die auf dem Dachboden auf den Grund für die größte aller Veränderungen in ihrem Leben gestoßen war.

Phoebe fand das *Buch der Schatten*, eine antike Abhandlung über Hexerei, und leichtsinnigerweise las sie eine Beschwörung daraus vor. Eine Beschwörung der Kräfte, von denen wir gar nicht wussten, dass wir sie hatten, dachte Prue, und wir erkannten, dass wir nicht wie andere Menschen waren.

Wir waren die Verzauberten – mächtige Hexen, die dem Schutz der Unschuldigen und dem Kampf gegen böse Hexer und Dämonen verpflichtet waren.

Prue atmete tief ein. Das und alles, was dann folgte, dachte sie, war ein echter Hammer gewesen. Sie strich sich das kurze schwarze Haar hinter die Ohren. »Hoffentlich wird das neue Jahr nicht ganz so ereignisreich.«

»Sprich nur für dich selbst«, erwiderte Phoebe, »ich brauche ein bisschen Action in meinem Leben. Und da will ich nicht schon am Anfang aus dem Rennen fliegen.«

»Was willst du damit sagen?«, wollte Piper wissen.

»Heute Abend«, antwortete Phoebe, »ist Silvester, und ich habe nicht einmal ein Date.« Sie stützte das Kinn auf ihre Hände und sah ihre Schwestern resigniert an.

Piper schüttelte ihre langen braunen Haare und zuckte mit den Achseln. »Na und? Ich habe auch keins. Das ist nicht das Ende der Welt.«

»Bei dir ist das doch was anderes. Du bist die Managerin des heißesten Restaurants von San Francisco, und du gibst heute Abend die ultimative Silvester-Party«, erklärte Phoebe. »Das *quake* wird gerammelt voll sein, da wirst du nicht mal merken, dass du keine Begleitung hast.«

»Vertrau mir«, antwortete Piper, »ich merke es.«

Prue nahm einen Bissen von ihrem gegrillten Lachs. »Okay«, gab sie zu, »wir sind alle ziemlich date-los in letzter Zeit, aber das hat den Vorteil, dass wir uns auf andere Sachen konzentrieren können – zum Beispiel unsere Karrieren. Das ist doch auch was.«

Phoebe lachte. »Das sagst du nur, weil du so extrem abgedreht bist.«

»Ich?« Phoebe hob eine Augenbraue. »Falls es dir noch nicht aufgefallen sein sollte: Seit du das *Buch der Schatten* gefunden hast, sind eine ganze Menge Dinge in unserem Leben ›abgedreht‹.«

»Nun komm schon«, sagte Phoebe, »ich habe dir damit einen Gefallen getan. Wie viele Frauen kennst du, die mit Gedankenkraft Dinge bewegen können?«

»Genau darum geht es ja«, gab Prue zurück. »Es ist ziemlich schwierig, eine Beziehung zu einem Mann zu haben, wenn man …«, sie sah sich um, ob niemand zuhörte, und flüsterte, »… eine Hexe ist.«

Phoebes braune Augen wurden groß. »Das heißt doch nicht, dass wir uns aus der Dating-Szene verabschieden, um stattdessen Katzen um uns zu scharen. Ich will schließlich nicht als alte Jungfer gelten.«

Prue versuchte, Phoebe nicht auszulachen. Die drei Halliwell-Schwestern waren mit hohen Wangenknochen gesegnet, langem seidenen Haar und außerordentlich guten Proportionen. »Phoebe, mit 22 halte ich es für ziemlich ausgeschlossen, dass dich jemand als alte Jungfer bezeichnet.«

»Du weißt, was ich meine«, gab Phoebe zurück. »Was nützen einem die tollsten Kräfte, wenn sie nicht mal dazu taugen, einem eine Verabredung am Silvesterabend zu verschaffen?«

»Da hat sie allerdings Recht«, räumte Piper ein, während sie in ihrer Suppe rührte. »Aber ihr kennt die Regeln: Kein Einsatz unserer Kräfte zur Erlangung eines persönlichen Vorteils. Wir dürfen sie nur nutzen, um …«

»Ich weiß, ich weiß … um die Unschuldigen zu schützen«, beendete Phoebe den Satz. »Trotzdem«, fuhr sie in einem verträumten Tonfall fort, »hoffe ich immer noch auf eine Vision, die mich und einen unglaublich attraktiven Typen bei einem leidenschaftlichen Kuss um Punkt zwölf zeigt.« Sie blickte hoffnungsvoll zu Piper. »Der Drummer der *Night Owls* wäre schon nicht schlecht. Du hattest echtes Glück, die Band heute Abend für das *quake* zu verpflichten. Die werden noch ganz groß rauskommen.«

Prue schaute kurz auf, denn die Bestimmtheit, mit der Phoebe das sagte, erregte ihr Interesse. »Eine Vorhersehung?«, fragte sie.

Phoebe rollte die Augen. »Kannst du dir gar nicht vorstellen, dass ich auch einen Riecher für solche Sachen haben könnte, ohne dafür meine Kräfte zu brauchen? Ich erkenne ein Talent, wenn ich es höre. Die Jungs sind echt süß. Besonders der Drummer …«

»Ich wünschte, du wärst auch auf der Party im *quake*, Prue«, sagte Piper. »Ohne dich ist Silvester nicht dasselbe.«

»Ich werde da sein«, versprach Prue. Sie wusste, dass es

Piper viel bedeutete. »Ich muss nur vorher noch bei Lloyd Claibornes Party vorbeischauen.«

»Hartes Los«, sagte Phoebe zu Prue, »bei einer Party der Reichen und Schönen in einem der elegantesten Herrenhäuser von ganz Pacific Heights vorbeischauen zu müssen …«

»Tja, schade, dass es dienstlich ist«, erklärte Prue. »Lloyd Claiborne ist einer von Bucklands wichtigsten Klienten und einer der größten Sammler in der Stadt. Er hat alle Schätzer und Gutachter des Auktionshauses eingeladen. Meine Chefin Claire hat deutlich gemacht, dass sie unsere Anwesenheit wünscht. Sie will niemandem auf die Füße treten.«

»Ich frage mich, welches Essen dort wohl aufgefahren wird«, murmelte Piper. »Vermutlich asiatisch und total kulinarisch.«

»*Giovanni's* kümmert sich um den Partyservice«, sagte Prue.

»Oh, dann ist es klassisch italienisch. Aber das passt. Ist ja nur *das* exklusivste Restaurant der Stadt.«

»Ich wünschte, ihr beiden könntet mitkommen«, sagte Prue ehrlich, »alleine ist es auf Partys nie sonderlich lustig.«

»Du wirst doch wirklich versuchen, später noch im *quake* vorbeizuschauen, oder?«, wollte Piper wissen.

Prue nickte. »Das habe ich doch versprochen. Ich komme, aber wahrscheinlich nicht vor Mitternacht …«

»Ooohhhh«, flüsterte Phoebe plötzlich, als ihr Blick kurz an Prue vorbeiging. »Piper, *den* müssen wir auf der Party haben. Hast du zufällig ein paar von den Handzetteln dabei? Ich will sichergehen, dass er einen bekommt.«

Prue sah über ihre Schulter. Ihr stockte der Atem, und sie wusste sofort, von welchem Mann Phoebe gesprochen hatte. Groß, schwarzes glänzendes Haar und strahlend blaue Augen. Er kam direkt auf ihren Tisch zu.

»Lade ihn nicht ein«, verkündete sie leise, aber bestimmt.

»Bist du verrückt? Er ist umwerfend«, flüsterte Piper.

»Bitte nicht«, wiederholte Prue.

Der Mann blieb vor ihr stehen, nahm ihre Hand und führte

sie an seine Lippen. »Hallo, Prue. Es ist viel zu lange her, seit wir uns das letzte Mal getroffen haben. Ich habe oft an Sie denken müssen.«

Prue versuchte, den charmanten französischen Akzent des Mannes zu ignorieren, der Schauer über ihren Rücken jagte. Sie zog ihre Hand zurück. »So lange ist es nicht her.«

»Zweihundertfünfundachtzig Nächte«, sagte der Mann leise.

Prue starrte ihn an. »Sie haben die Nächte gezählt?«

»Ich wollte Sie beeindrucken«, grinste er. »Werden Sie heute Abend bei der Claiborne-Party sein?«

Prue nickte.

Er neigte leicht seinen Kopf zu Seite. »Ich freue mich schon auf Mitternacht.«

»Mitternacht«, echote Prue. Sie wusste, er spielte auf einen Kuss an, und sie wusste auch, dass sie diesem Mann kaum widerstehen konnte. Aber das konnte zu allem Möglichen führen, und für alles Mögliche hatte sie momentan überhaupt keinen Nerv. »Ich halte nichts davon, Männer an Silvester zu küssen, die ich kaum kenne«, sagte sie kühl.

»Eine Schande.« Er sah allerdings nicht entmutigt aus. Die Herausforderung schien ihn zu reizen. »Vielleicht können wir uns dann wenigstens ein bisschen unterhalten? Passen Sie auf sich auf, Prue.«

Er verließ das Restaurant, und Prue atmete erleichtert auf. Es wäre zu einfach gewesen, ihn zu fragen, ob er mit ihr zusammen auf die Claiborne-Party gehen wollte.

»Wer war das?«, fragte Piper, nachdem der Fremde ihr Blickfeld verlassen hatte.

»Sein Name ist Robert Galliard«, erklärte Prue, »ein Pariser Antiquitätenhändler, der jeden Winter ein paar Monate in San Francisco verbringt. Wir haben uns letztes Jahr kennen gelernt.«

»Warum hast du ihn denn so frostig behandelt?«, wollte Phoebe wissen.

»Phoebe, *ich* bin die von uns, die Zeit einfrieren lassen kann«, warf Piper mit einem schrägen Grinsen ein.

Prue stöhnte. »Schlechter Witz, Piper. Wirklich ganz mies.«

»Zurück zum Thema, Prue«, sagte Phoebe. »Der Typ sieht umwerfend aus, hat einen sexy Akzent und handelt auch noch mit Antiquitäten, was genau dein Metier ist, falls ich dich daran erinnern muss. Und da benimmst du dich wie eine Eisprinzessin?«

Prue seufzte. Sie erinnerte sich noch gut an den letzten Winter, als sie Robert zum ersten Mal getroffen hatte. Sie hatten geflirtet und alles, von französischen Juwelen aus dem achtzehnten Jahrhundert bis zu Ming-Vasen, diskutiert. Sie waren sogar gemeinsam in Ausstellungen gegangen. Ständig hatte Prue auf eine Einladung seinerseits gewartet, aber vergeblich. Er war schließlich wieder nach Paris zurückgeflogen.

Und nun ist er wieder da, dachte Prue, und scheinbar ist er reif für mehr. Aber meine Welt hat sich so drastisch verändert seit dem Tag, an dem wir uns kennen gelernt haben …

»Ich habe ihn nicht frostig behandelt«, erklärte sie entschlossen. »Ich will ihn nur nicht ermutigen. Ich vermute, er ist an mir interessiert …«

»Du vermutest?«, unterbrach sie Piper. »Wie wäre es mit ›es ist total offensichtlich‹? Prue, er hätte nicht an unseren Tisch kommen müssen, um sich mit dir zu unterhalten.«

»Und deine Hand hätte er auch nicht küssen müssen«, stellte Phoebe fest. Sie klimperte mit den Augenbrauen. »Das war sooo süß.«

»Ich weiß, dass er charmant und gut aussehend ist, aber nach Pipers Erlebnissen …«

»Du denkst, er könnte ein … Hexer sein?«, fragte Piper leise.

Prue wusste, dass ihre Schwester über die Zeit mit Jeremy Burns noch nicht hinweg war. Sie war verrückt nach ihm gewesen – nur um dann herauszufinden, dass er ein teuflischer Magier war, der es darauf abgesehen hatte, die Zauberhaften zu vernichten.

»Man kann es nie wissen«, antwortete Prue traurig. »Ich glaube nicht, dass ich mich derzeit auf Verabredungen einlassen will.«

»Du denkst, Robert käme nicht mit der Tatsache klar, dass du eine Hexe bist?«, fragte Phoebe.

»Ich weiß es nicht«, gestand Prue und starrte auf den Strohhalm in ihrem Eistee, »ich weiß nur, dass unsere Kräfte immer noch etwas Neues für uns sind. Und bis ich mich mit dem, was ich bin, wohl fühle, werde ich den Männern abschwören. Außerdem habe ich euch gesagt, dass ich mich auf meine Karriere konzentrieren will, und das stimmt.«

»Klar, das klingt plausibel«, sagte Phoebe. »Die Katalogisierung von altem Krempel ist ja auch erheblich kurzweiliger als ein Date mit einem charmanten Franzosen.«

»Es macht mir Angst, mein Herz zu riskieren, und es tut weh, enttäuscht zu werden«, sagte Prue leise. »Ich weiß nie, wie ein Mann reagieren wird, wenn er erfährt, dass ich eine Hexe bin. Eine Beziehung baut doch auf Ehrlichkeit auf, nicht auf Geheimnissen. Für den Moment erscheint es mir leichter, mich mit Antiquitäten zu beschäftigen – und erheblich sicherer.«

Piper sah Prue aufmunternd an. »Schon verstanden. Aber eines Tages müssen wir alle wieder den Sprung ins kalte Wasser wagen.«

»Vielleicht kann sie uns sagen, wann dieser Tag gekommen ist«, sagte Phoebe und nickte in Richtung einer jungen Frau, die an einem Tisch in der Nähe zu einem Pärchen sprach.

Prue drehte ihren Stuhl leicht zur Seite und sah zu der Frau hinüber, die Phoebe gemeint hatte. Sie trug einen Rock aus zusammengenähten bunten Stoffresten, und ihr flammrotes Haar fiel wallend über weitere Schals und Stoffbahnen, die kunstvoll um ihren Körper drapiert und an der Hüfte in eine Binde gefaltet waren. Silberne Ringe mit großen Steinen glänzten an ihren Fingern, und schwere Armreifen schlugen an ihren Handgelenken gegeneinander. Selbst aus der Entfernung konnte Prue abschätzen, dass der Schmuck definitiv antik war.

Die rothaarige Frau begann dem jungen Paar an dem Tisch die Karten zu legen.

»Sie liest aus Tarot-Karten«, flüsterte Piper.

»Du solltest das auch mal probieren, Prue. Vielleicht kannst du dich dann entscheiden, ob du dich auf deine Karriere oder auf Robert konzentrieren willst«, neckte Phoebe ihre Schwester.

Prue sah ihre Schwestern an. »Ich weiß genau, auf was ich mich konzentrieren muss ...«

»Wir lassen uns alle die Karten legen«, schlug Phoebe vor. »Es gibt wohl keinen besseren Tag, um herauszufinden, was die Zukunft bereithält.«

»Nun ist es aber gut. Tarot ist ein billiger Trick«, sagte Prue. »Sie sagt dir irgendetwas Nebulöses, und dann, wenn etwas passiert, denkst du ›oh, *das* haben die Karten gemeint‹.«

»Und Hexen existieren auch nur im Märchen«, hielt Phoebe entgegen. »Komm, lass es uns machen. Nur so aus Spaß. Du musst ja nicht dran glauben.«

»Ich will das nicht«, sagte Prue, denn sie hatte eine Vorahnung, die sie nicht erklären konnte. Sie wusste nur, dass sie momentan niemanden brauchte, der ihr erklärte, was die Zukunft zu bringen hatte. Sie war nie auf Phoebes Fähigkeit, in die Zukunft zu sehen, neidisch gewesen.

»Nun sei nicht so, Prue«, drängte Piper. »Wir machen es alle.«

»Bitte, bitte«, grinste Phoebe.

Prue seufzte resigniert. Ihre Schwestern wollten offensichtlich nicht locker lassen. »Na dann«, stimmte sie schließlich zu.

Mit den Tarot-Karten in der Hand stand die Frau vom Tisch auf, und ihr Blick fiel direkt auf Prue.

Prue spürte, wie ihr ein eisiger Schauer den Rücken hinunterlief. Ihre Reaktion ergab keinen Sinn. Diese Frau stellte keine Gefahr dar.

Mit einem geheimnisvollen Lächeln kam die Tarot-Legerin an ihren Tisch. »Guten Tag. Ich bin Elena. Möchten Sie, dass ich mit den Karten in Ihre Zukunft sehe? Es kostet fünf Dollar pro Person.«

Prue griff nach ihrer Handtasche, aber Phoebe hielt sie zurück. »Es war meine Idee. Ich zahle.«

»Womit?«, fragte Prue und starrte sie an. Ihre Schwester hatte keinen Job und keine Ahnung, was sie mit ihrem Leben anfangen wollte. Sie hatte nie genug Geld, und schon gar nicht, um ihre Schwestern einzuladen.

Phoebe zog eine Grimasse. »Stimmt. Ich habe meinen Rucksack vergessen.«

»Ich habe Prue überzeugt, also bin ich dran«, ging Piper dazwischen.

»Da werde ich nicht widersprechen«, sagte Prue, während Piper das Geld aus ihrer Handtasche kramte.

Piper gab Elena die fünfzehn Dollar. Prue sah, wie sie das Geld zwischen ihre Tücher steckte, anscheinend in eine Geheimtasche.

»Ich beginne mit der, die gezahlt hat«, sagte Elena.

Sie legte die Tarot-Karten vor Piper auf den Tisch. Das Muster der Karten bildete eine Art Kreuz.

Prue hatte schon einige Male Tarot-Karten in Augenschein genommen. Alte europäische Päckchen wurden manchmal im Auktionshaus versteigert. Und dieses Päckchen war definitiv alt – die Farbe der Motive war verblasst, und an den Ecken und Rändern waren deutliche Abnutzungserscheinungen zu erkennen. Aber diese Karten waren anders als die, die Prue gesehen hatte. Sie erkannte die traditionellen Motive des Arcanum Minor und Arcanum Major nicht. Einige der Figuren waren ähnlich: der Narr, der König, der Mann mit dem Bart. Aber es gab viele Figuren, die sie noch nie gesehen hatte.

»Was für ein Satz ist das?«, fragte sie.

Elena zuckte mit den Achseln. »Der Satz einer Weissagerin. Die Karten sagen die Zukunft.«

»Stimmt«, sagte Prue, »aber das habe ich nicht gemeint. Ich arbeite mit Antiquitäten, und mich interessiert die Herkunft der Karten.«

»Diese Karten sind sehr alt«, sagte Elena. »Sie sind seit Generationen in unserer Familie weitergereicht worden. Von der Mutter an die Tochter.«

»Seit wie vielen Generationen?«, fragte Prue skeptisch, aber mittlerweile neugierig.

»Zu viele, um sie zu zählen«, antwortete Elena.

Prue sah, wie Elena Piper anlächelte, nachdem sie die letzte Karte abgelegt hatte.

»Ah«, murmelte Elena, »es ist an der Zeit, dass Sie bemerkt werden.«

Piper grinste. »Ich? Die Frau ohne soziale Kontakte? Das wäre mal was anderes.«

»Ihr Leben wird sich ändern. In der Zukunft, der nahen Zukunft, wird man Sie bemerken«, versicherte ihr Elena. Sie schob die Karten wieder zusammen und wandte sich an Phoebe. »Sind Sie bereit?«

»So bereit, wie ich nur sein kann«, sagte Phoebe.

Prue lehnte sich vor, während Elena die Karten erneut ausbreitete. Obwohl die Karten alt waren, waren sie doch auch wunderschön: mit silbernen und goldenen Einlagen und erstaunlich detaillierten Motiven. Prue versuchte, sich das kunstvolle Muster der Rahmen einzuprägen. Vielleicht konnte sie mehr darüber herausfinden, wenn sie wieder im Büro war. »Wo kommt der Satz her?«, fragte sie.

»Irgendwo aus Frankreich«, antwortete Elena, ohne die Augen von den Karten zu nehmen. »Es ging immer das Gerücht, dass einer unserer Vorfahren, der die Dunkle Kunst praktizierte, die Karten geschaffen hat. Er lehrte seine Tochter, die Karten zu lesen, und dieses Wissen wurde durch die Jahrhunderte weitergegeben.«

Phoebe wurde ein wenig bleich. »Die Dunkle Kunst? Vielleicht sollten wir uns nicht mit Sachen abgeben, die von jemandem erschaffen wurden, der die Dunkle Kunst praktizierte.«

Elena hielt ihrem Blick stand. »Die Karten selbst sind weder gut noch böse. Worauf es ankommt, ist die Intention der Person, die sie interpretiert.«

»Und Ihre Intention wäre...?«, fragte Piper.

»Die Zukunft zu sagen, zu unterhalten und meinen Lebensunterhalt zu verdienen«, antwortete Elena sanft. Sie lächelte Phoebe an. »Sie werden zu Geld kommen.«

Phoebe grinste. »Das ist genau das, was ich hören wollte.«

Was für ein Zufall, dachte Prue. Diese Legerin war ein Scharlatan. Hatten sie nicht selbst auf Phoebes Geldsorgen hingewiesen, kaum dass Elena aufgetaucht war? Es brauchte nun wirklich keine Tarot-Karten, um diese Voraussage zu treffen.

Elena wandte sich Prue zu. »Und nun Sie.«

Das wird ein Witz, sagte sich Prue, während Elena die erste Karte auflegte. Es war der Narr. Sicher eine Anspielung darauf, wie dumm es war, sich auf das hier einzulassen.

Elena zog die zweite Karte und legte sie auf.

Prue sah fasziniert zu, wie Elenas Hand zu zittern begann. Sie wandte ihren Blick dem Gesicht der Weissagerin zu. Es wurde bleich, fast schon geisterhaft, als wäre alles Blut daraus entwichen.

»Was ist los?«, fragte Prue, während sie versuchte, das leichte Prickeln zu ignorieren, welches ihre Nackenhärchen aufrichtete.

»Diese ... diese Karte gehört zwar zu dem Satz, aber ich habe sie noch nie bei einer Lesung gezogen«, stammelte Elena. Sie legte sie auf den Tisch, und Prue erkannte einen einstürzenden schwarzen Turm, der vom Blitz getroffen wurde.

»Was bedeutet sie?«, fragte Prue.

Elena steckte die Karte schnell wieder zurück in den Stapel. »Es war ... ein Fehler«, sagte sie und zog eine neue Karte, diesmal mit einem Mann und einer Frau in inniger Umarmung. »Ich sehe Romantik in Ihrer Zukunft ... das ist alles.«

»Sie haben mehr als Romantik gesehen«, insistierte Prue, die von der Reaktion der Weissagerin nun doch etwas irritiert war. »Sagen Sie mir die Wahrheit.«

Elena begann erneut leicht zu zittern. Zögernd legte sie die Karte mit dem Turm wieder vor Prue auf. »Es ist dies die mächtigste Karte im ganzen Satz«, sagte sie langsam, und ihre Stimme wurde zu einem heiseren Flüstern. »Es bedeutet, dass ... die Dunkelheit Sie umgeben wird.«

2

DUNKELHEIT?«, lachte Prue. »Na ja, mit *der* Voraussage können Sie ja schlecht falsch liegen. Sobald die Sonne untergeht, wird es Nacht, und dann bin ich von Dunkelheit umgeben.«

»Es wird keine natürliche Dunkelheit sein«, sagte Elena, und ihre Stimme zitterte hörbar.

»Welche Art Dunkelheit wird es denn dann sein?«, fragte Prue nach und wollte nach der Turm-Karte greifen.

»Sie sollten sie nicht anfassen«, zischte Elena und griff hastig nach der Karte. »Nur der Besitzer des Packs kann mit den Karten umgehen.«

Unbeeindruckt nahm Prue der Frau die Karte aus der Hand und sah sie sich genau an. Erstaunlicherweise war sie nicht, wie die anderen in dem Stapel, ausgeblichen. Ihr Hintergrund war ein dunkles, sattes Grün. In der Mitte zerschlugen silberne Blitze einen schwarzen Turm. Der Himmel um das Gebäude selbst war mit seltsamen geometrischen Zeichen angefüllt.

Prue hatte in letzter Zeit einen Haufen seltsamer Sachen gesehen. Seit sie ihre wahre Berufung erkannt hatte, war sie Menschen und Dinge gewöhnt, die nicht das waren, was sie zu sein schienen. Warum also beunruhigte sie diese Karte so sehr?

Sie kniff die Augen zusammen und sah Elena an. »Bitte sagen Sie mir genau, was der Turm und all diese Symbole zu bedeuten haben.«

Elena lächelte und hielt ihr die Hand hin, die nun nicht mehr zitterte. »Für weitere zehn Dollar gern.«

Das wiederum hätte ich nun voraussagen können, dachte Prue amüsiert. Sie ließ die Karte auf den Tisch fallen. »Danke, aber ich will das neue Jahr nicht damit beginnen, dass ich mich mit Taschenspielertricks über den Tisch ziehen lasse.«

Elenas Gesicht wurde rot. »Sie werden später einen höheren Preis zahlen, wenn sie es jetzt nicht tun!«

Prue schüttelte angesichts dieser Frechheit ungläubig den Kopf. »Das Risiko gehe ich ein«, sagte sie lachend.

Piper stand in der Nähe der Band und bewegte ihren Körper sacht zur hämmernden Musik der *Night Owls*. Diese Party ist klasse, freute sie sich, und sah zu, wie die Gäste des Restaurants auf der Tanzfläche abrockten.

Eine Tages werden die *Night Owls* bei jedem Radiosender des Landes zu hören sein, dachte sie, und dann kann ich sagen, dass sie am Neujahrstag im *quake* gespielt haben.

Piper sah sich im Restaurant um, und es freute sie, dass es so brechend voll war. Die Gäste standen dicht gedrängt, doch es war nicht die übliche Ansammlung. Fast hatte man den Eindruck, eine Armee von Supermodels wäre im *quake* eingefallen. Selbst die Männer sahen besser aus als sonst. Vielleicht liegt es daran, dass sie sich alle schick gemacht haben, dachte Piper, als sie Matt entdeckte, einen Stammgast.

Sie ließ ihren Blick durch den Raum schweifen und sah Phoebe mit einem Typ tanzen, der blonde Dreadlocks hatte. Piper musste lachen. Das war heute der wohl zwanzigste Kandidat, mit dem ihre Schwester das Tanzbein schwang.

Keine Ahnung, warum sie sich dauernd beschwert, dachte

Piper. Phoebe hat keine Probleme, Männer kennen zu lernen. Ich wünschte, mir würde das ebenso leicht fallen.

Andererseits trug Phoebe auch ein superknappes und hautenges schwarzes Kleid. Es war schwer, sie zu übersehen. Piper dachte an Elenas Tarot-Lesung und entschied sich dafür, dass die Weissagerin sich geirrt haben musste. Phoebe wurde bemerkt, nicht sie. Wie üblich.

»Piper.« Einer der Kellner kam auf sie zu. »Billy kommt gerade ein bisschen schlecht zurecht in der Küche. Ich glaube, er braucht Hilfe.«

»Ich kümmere mich darum.« Sie drehte sich in Richtung Küche, um ihrem zweiten Koch zu helfen – und blieb wie angewurzelt stehen. Ein Mann, der allein an einem Tisch am Rande der Tanzfläche saß, beobachtete sie. Seine unglaublichen braunen Augen schienen ihren Blick zu suchen, und der nächste Atemzug verkroch sich ganz tief in Pipers Brustkorb.

Obwohl sie oft und gern damit kokettierte, keinen Freund zu haben, war Piper nicht sicher, ob sie es momentan wirklich auf eine ernste Beziehung mit jemandem anlegen wollte. Aber der Typ war einfach unglaublich süß. Sein blondes Haar fiel ihm in die Stirn. Mit einem leichten Grinsen im Mundwinkel strich er es mit den Finger nach hinten.

Sie erwog kurz, ihn zu fragen, ob ihm das Essen geschmeckt habe. Stattdessen wandte sie ihre Blick ab und ging in Richtung Küche. Sie musste an die Katastrophe mit Jeremy denken. Woher sollten sie oder ihre Schwestern wissen, wem zu trauen war?

Piper war nur noch ein paar Schritte von der Küchentür entfernt, als Phoebe sie abfing. Ihre dunklen Augen funkelten. »Du hast es geschafft!«

»Was geschafft?«, fragte Piper.

»Das hier! Das muss die schärfste Party in der ganzen Stadt sein. Ich habe dir doch gesagt, dass die *Night Owls* super sind.«

»Das hast du«, gab Piper fröhlich zu.

»Und die Jungs«, plapperte Phoebe weiter, »ich habe noch

nie so viele gut aussehende Männer an einem Ort gesehen. Noch dazu welche, die tanzen können.«

Phoebe hakte sich bei ihrer Schwester unter. »Übrigens, was fällt dir zu dem blonden Typ dort an der Tanzfläche ein?«

Umwerfend war das Erste, was Piper einfiel. »Er ist mir aufgefallen«, gab sie zu. »Ich habe ihn hier noch nie gesehen, aber ich habe das Gefühl, dass er mich … irgendwie beobachtet.«

»Er beobachtet dich sogar ganz sicher«, versicherte ihr Phoebe. »Ich habe ihn also mit einem schwesterlichen Auge abgecheckt und festgestellt, dass er anscheinend alleine hier ist.«

Piper wurde auf einmal erneut vom großen Flattern erfasst, als wäre sie wieder dreizehn Jahre alt und das Mauerblümchen der gesamten Klasse.

Phoebe knuffte sie. »Frag ihn nach seinem Namen.«

Pipers Augen weiteten sich. »Bist du verrückt? Das kann ich doch nicht machen.«

»Warum nicht?«

»Darum«, sagte Piper resigniert. »Ich bin nicht wie du. Ich kann nicht einfach so auf einen Mann zugehen.« Sie schüttelte den Kopf. »Ich kenne ihn doch gar nicht.«

Phoebe lehnte sich näher. »Genau deshalb sollst du ja mit ihm reden. Damit du ihn kennen lernen kannst.«

Piper atmete tief ein, um sich zu beruhigen. Sie wollte wirklich wissen, wer er war. In dem Moment, in dem sich ihre Blicke getroffen hatten, hatte sie so etwas wie eine Verbindung gespürt. Aber es war nicht ihre Art, mit Männern zu sprechen, die sie nicht kannte. »Ich wüsste ja nicht einmal, was ich sagen sollte.«

»Piper, es gibt Zeiten, da sollte man zurückhaltend sein, und Zeiten, da sollte man rangehen. Es ist Silvester …«, sie machte eine Pause. »Moment mal! Du bist die Managerin. Du kannst dich vorstellen und behaupten, dass du eine Befragung durchführst und wissen willst, wie den Leuten das Fest gefällt.«

Piper starrte ihre Schwester an. »Das ist ja vielleicht lahm. Das kann ich nicht bringen. Ich werde nicht zu ihm gehen, klar? Ende der Diskussion.«

Phoebe blickte ihr in die Augen. »Du bist so scheinheilig.«

Pipers Mund klappte auf. »Ich bin nicht …«

»Heute Nachmittag hast du mir zugestimmt, dass Prue sich keinen tollen Typ entgehen lassen soll, und nun stellst du dich an, nur weil du einen Mann mal ansprechen sollst. Du bist wirklich eine Scheinheilige.«

Piper knurrte aus den Tiefen ihrer Kehle. Sie hasste es, wenn Phoebe Recht hatte. Und sie wusste, dass Phoebe den Rest des Abends auf dem Thema herumreiten würde. »Na gut. Damit du endlich aufhörst, mich zu nerven.«

Piper sah sich den Typ genauer an. Er war einfach hübsch. Sie richtete sich kerzengerade auf. »Okay, ich werde jetzt rübergehen und mal nachfragen, ob mit seinem Essen alles okay ist.«

Phoebe klopfte ihr auf den Rücken. »So ist's recht. Vergiss nicht, nach seinem Namen zu fragen, gib ihm deinen, und reib ihm auch gleich noch deine Telefonnummer unter die Nase.«

»Phoebe, jetzt langt's aber!«, warnte Piper.

Phoebe hob die Hände. »Kleiner Scherz. Ich werde nicht mal hinsehen. Ich schaue stattdessen lieber mal, ob der Drummer der Band einem Flirt zugeneigt ist.«

Piper sah zu, wie Phoebe der Tanzfläche zustrebte. Sie atmete tief und ruhig ein. Du kannst das, sagte sie zu sich selbst.

Sie passierte einige Kellner, die Tabletts mit Hors d'oeuvres und Champagner-Kelchen herumtrugen, und ging dann auf den Tisch des blonden Fremden zu. Seine Aufmerksamkeit wurde gerade von der Band in Anspruch genommen, plötzlich traf sein Blick den ihren. Er hatte unglaubliche braune Augen.

Piper keuchte leise. Sie konnte das nicht. Schnell drehte sie sich um – und knallte in einen der Kellner, der ein Tablett mit Champagner trug. Sie schrie auf, als ein Strom teuren Blubberwassers sich über sie ergoss. Als das Zersplittern der Gläser auf dem Boden erklang, schloss sie die Augen.

»Vorsicht, Schwerkraft!«, rief jemand hämisch.

Die Anwesenden in dem Restaurant begannen zu lachen und dann zu applaudieren.

Piper spürte, wie sich der kalte Champagner durch den Stoff ihres Kleides saugte. Das Gefühl war einfach fürchterlich, und das gute Stück war mit Sicherheit ruiniert. Aber das war gar nichts im Vergleich zu der Tatsache, dass sie hier gerade den langsamen Tod durch Schadenfreude starb. Sie wünschte sich, die Weitsicht gehabt zu haben, die Zeit anzuhalten und den Vorfall zu verhindern, aber es war alles so schnell gegangen.

»Tut mir sehr Leid, Piper«, sagte der Kellner zerknirscht. »Ich habe nicht erwartet, dass du dich so schnell umdrehst.«

Sie schüttelte den Kopf. »Ist schon gut, Danny.«

»Ich werde das hier wegmachen«, sagte er, ging in die Knie und begann, mit einer Serviette die Splitter vorsichtig auf das Tablett zu fegen.

»Ich helfe dir«, sagte Piper und kniete sich neben ihn.

Eine warme Hand griff nach ihrem Arm. »Sind Sie in Ordnung?«

Piper sah in die Richtung der besorgten Stimme. *Er* war es! Sie starrte in die warmen braunen Augen des Mannes, der neben der Tanzfläche gesessen hatte und dem sie sich hatte vorstellen wollen. Er lächelte ihr freundlich zu, und sie versteifte sich noch mehr. »Es … es geht mir gut«, stammelte sie. »Ich war wohl nicht auf der Hut.«

»Oh, Sie sind eine Dichterin«, neckte er.

Gut? Hut? Piper hätte am liebsten losgeschrien. »Nein, ein Idiot«, sagte sie. Sie wollte so schnell wie möglich weg. »Ich muss … dringend … mal nach Billy sehen.«

»Wer ist Billy?«, fragte er, sichtlich enttäuscht. »Ihr Freund?«

Piper hustete die Antwort fast: »Nein, äh, mitnichten. Er ist mein zweiter Chefkoch.«

»Dann sind *Sie* also für diese großartige Party verantwortlich?«

Sie blickte an ihrem durchtränkten Kleid herunter und sah ihm dann wieder in die Augen. »Die Party, der vergossene Champagner, das zerbrochene Glas, ja, das geht alles auf meine Kappe«, gestand sie einigermaßen humorlos. »Übrigens, ist Ihr Essen in Ordnung?«

Er grinste noch breiter. »Mein Essen ist gut.«

»Klasse. Das war alles, was ich wissen wollte.« Das war definitiv nicht der richtige Zeitpunkt, ihm ihren Namen oder ihre Telefonnummer aufzudrängen. Was sollte sie auch machen? Ihm eine Visitenkarte in die Hand drücken und sagen: »Hier, falls Sie mal mit einem ausgemachten Deppen ausgehen wollen, rufen Sie Piper an?«

»Ich … ich muss jetzt wirklich los«, sagte sie und versuchte einen möglichst professionellen Abgang.

»Warten Sie. Bitte. Gehen Sie noch nicht«, sagte er sanft und fasste sie wieder am Arm.

Piper blieb wie angewachsen stehen. Sie drehte sich langsam wieder zu ihm um.

»Ich habe den ganzen Abend nach einer Möglichkeit gesucht, Sie anzusprechen«, sagte er, wobei er verlegen auf seine Schuhspitzen starrte.

»Wirklich?« Piper merkte, wie sich ihr Herz zusammenzog. Vielleicht war sie ja nicht die einzige schüchterne Person auf dieser Party.

Er grinste sie unsicher an. »Ja, wirklich. Mein Name ist übrigens Jake Stone.«

Sie lächelte sanft. »Ich bin Piper Halliwell.«

»Piper. Ein ungewöhnlicher Name. Ich finde ihn sehr schön.«

»Es war die Idee meiner Mutter.«

Er lachte. Es gefiel ihr.

»Namen gehen für gewöhnlich auf das Konto der Mütter«, sagte Jake. »Aber ich schätze, Sie müssen jetzt zu Billy.«

»Billy?«, fragte sie lahm.

Er grinste wieder. »Ihr zweiter Küchenchef, wenn ich mich recht erinnere.«

»Oh, Billy, klar.« Sie zeigte auf ihr nasses Kleid. »Und umziehen muss ich mich auch.«

Er deutete auf seinen Tisch. »Sie wissen ja, wo sie mich finden.«

Mit einem breiten Lächeln machte sie sich auf den Weg in die Küche. Oh ja, sie wusste, wo sie ihn finden würde. Wichtiger aber war: Sie wusste, dass er von ihr gefunden werden wollte.

Prue fühlte sich wie in einem Traum. Die Gästeliste von Lloyd Claibornes Party las sich wie die Top 100 der San-Francisco-Elite. Prue war erst seit einer halben Stunde hier, aber schon war sie dem Bürgermeister, einem Solisten des hiesigen Balletts, dem Besitzer eines Weinbergs in Sonoma, dem Erben eines Öl-Imperiums, dem Chef einer riesigen Internet-Firma, einem Filmproduzenten und dem Direktor des Museums für Moderne Kunst vorgestellt worden. Es war, um es gelinde auszudrücken, überwältigend.

Ein Kammerorchester spielte im Ballsaal, und überall wuselten Kellner umher, die von ihren Tabletts kleine Köstlichkeiten und Gläser mit Wein und Champagner anboten. Doch für Prue war die Villa selbst das echte Highlight. Sie war fast ein privates Museum, vollgestopft mit unbezahlbaren Antiquitäten und Kunstwerken.

An beiden Seiten des Foyers ging es auf großen, geschwungenen Treppen nach oben. Sie hatte sich die Zeit genommen, sich ein wenig umzuschauen und die Kostbarkeiten im Haus in Augenschein zu nehmen. Im Erdgeschoss waren ihr gleich die zeitgenössischen Skulpturen aufgefallen, ein Louis XIV-Schreibtisch, Wandteppiche aus der Zeit der Französischen Revolution, ein Springbrunnen aus einer italienischen Villa, persische Seidenläufer …

Dann war sie nach oben gegangen, wo ein Zwischengeschoss die beiden Treppenabsätze miteinander verband und Ausgangspunkt war für den West- und den Ostflügel des Anwesens. Prue entschied sich dafür, den darüber liegenden ersten Stock erst später zu erkunden. Stattdessen schlenderte sie eine der Marmortreppen hinauf, die zum zweiten Stock geleitete. Hier führten Flügeltüren auf einen schmiedeeisern eingerahmten Balkon. Prue trat ins Freie, vom Ausblick überwältigt. Die Lichter der Golden Gate Bridge schimmerten in der Ferne.

»Wunderschön, nicht wahr?«, fragte eine männliche Stimme.

Sie drehte sich herum und lächelte Lloyd Claiborne an. Er war vielleicht zehn Jahre älter als sie, und an den Schläfen zeigte sein Haar die ersten grauen Strähnen. Sie wusste, dass er sein Vermögen nur geerbt hatte, trotzdem war es schwer, nicht von alldem beeindruckt zu sein.

»Es ist fantastisch«, gab sie zu.

»Haben Sie schon die große Tour gemacht?«, fragte ihr Gastgeber.

Sie nickte. »Teilweise. Ich war noch nicht im ersten Stock. Trotzdem ... viele der Dinge, die ich hier gesehen habe, kannte ich bisher nur aus Kunstbüchern.«

Claiborne sah sie etwas skeptisch an, und Prue zuckte innerlich zusammen. Hatte sie damit gerade wie ein völliger Anfänger geklungen? Sie versuchte es noch einmal: »Ich wollte damit sagen, dass es für mich ein großes Privileg ist, sich Ihre außergewöhnliche Sammlung ansehen zu dürfen.«

»Ich war immer der Meinung, dass es eine Schande ist, schöne Dinge nicht auszustellen«, sagte Claiborne trocken. »Besonders für diejenigen, die sie zu würdigen wissen. Mich hat der Katalog, den Sie für die Art-Deco-Glas-Ausstellung geschrieben haben, sehr beeindruckt«, erklärte er weiter. »Ich habe Ihren Namen an ein paar Freunde weitergegeben, die sich für Antiquitäten interessieren.«

Prue fühlte sich, als hätte sie gerade einen Preis gewonnen. »Ich fühle mich sehr geehrt. Vielen Dank.«

»Um ganz offen zu Ihnen zu sein, finde ich Claire mitunter

arg steif. Aber wenn Sie mich nun entschuldigen würden, ich muss noch einige Gäste begrüßen.«

Prue sah Claiborne nach, wie er davonschlenderte, und sie wusste, dass sie diese Nacht nie vergessen würde. Sie schwamm geradezu wie auf einer Welle des Erfolgs.

Nun, jede Welle musste irgendwann einmal auslaufen, und diese hier tat es, als Prue jetzt Claire entdeckte, die eilig auf sie zukam. Prue liebte es, in einem Auktionshaus zu arbeiten, aber mit ihrer Chefin war das so eine Sache. Wie üblich schien Clair säuerlich und verkniffen. Selbst auf einer Party schien sie keinen Spaß haben zu können.

»Prue«, sagte Claire. Sie kam jenseits der Flügeltürenschwelle abrupt zum Stehen, scheinbar nicht willens, herauszukommen. »Worüber haben Sie und Mr. Claiborne gesprochen?«

Prue betrat wieder das Zimmer. »Antiquitäten«, antwortete sie ruhig. Sie hoffte, Claire würde bald wieder verschwinden.

»Worüber genau?«, wollte Claire wissen. »Sie haben doch nichts gesagt, was mich in Verlegenheit bringen könnte, oder? Erzählen Sie mir einfach alles.«

»Claiborne sagte, er sei von der Art-Deco-Glas-Ausstellung beeindruckt gewesen«, antwortete Prue vorsichtig. Sie wusste, dass sie nicht sagen konnte, dass Claiborne speziell mit ihrer Arbeit zufrieden gewesen war, denn das hätte Claire bestimmt gegen sie verwendet. »Er erwähnte, er würde uns an andere Klienten weiterempfehlen.«

Claire schloss die Augen und schien erleichtert. »Dem Himmel sei Dank«, flüsterte sie. Dann sah sie Prue wieder argwöhnisch an. »Sie müssen sich mehr unter die Leute mischen, Kontakte knüpfen. Sie sind nicht zu Ihrem Vergnügen hier.«

Prue unterdrückte den Drang zu salutieren. »Ich werde mich bemühen.«

Als Claire endlich weg war, rollte Prue mit den Augen. Ich hoffe, dass ich nie so in die Arbeit verbissen bin, dass ich den Spaß vergesse, dachte sie. Dann fiel ihr ein, dass sie ihren

Schwestern erst kürzlich erzählt hatte, die Karriere stünde vor ihrem Privatleben.

Prue wünschte sich plötzlich, auf der Party im *quake* zu sein, wo sie nicht von ihrem Boss beobachtet werden konnte.

Sie nahm sich ein Glas Champagner von einem vorbeischwebenden Tablett und begab sich wieder auf den Balkon. Gerade brannte ein Feuerwerk in Gold und Grün über dem Wasser ab, als sich ihr plötzlich die Nackenhaare aufstellten. Sie hatte das seltsame Gefühl, angestarrt zu werden. Irritiert drehte sie sich herum.

Da stand Elena, die Tarot-Legerin, an der Schwelle zum Balkon, und ihre silbrigen Augen funkelten triumphierend. »Ich habe Recht gehabt.«

Prues Mund klappte auf. Etwas an dieser Frau jagte ihr Angst ein. Beim letzten Mal hatte sie ein buntes Kleid aus Tüchern getragen, nun war sie in schwarze Seide gehüllt. »Was ... was machen Sie denn hier?«, stammelte Prue.

»Ich sehe zu, wie sich meine Weissagung erfüllt«, erwiderte Elena knapp, bevor sie sich umdrehte und auf der Treppe nach unten verschwand. Die schwarze Seide wehte wie eine Fahne hinter ihr her.

Woher wusste sie, wo ich zu finden bin?, fragte sich Prue unangenehm berührt. Sie hat im Café am Nebentisch gesessen, vielleicht hat sie einfach mitgehört. Aber das erschien ihr unwahrscheinlich. Elena hatte den Halliwell-Schwestern keine Aufmerksamkeit geschenkt, bis sie zu ihnen gekommen war, um aus den Tarot-Karten weiszusagen. Und nun war diese Frau hier – es war wirklich unheimlich.

Prue ging wieder in die Villa hinein, und das helle Licht des strahlenden Kristall-Kronleuchters beruhigte sie. Sie erschauderte erneut, als sie sich an Elenas mysteriöse Voraussage erinnerte: Umgeben von Dunkelheit.

Was sollte das bedeuten?

»Wer war das?«, fragte jemand plötzlich hinter ihr.

Prue drehte sich beim Klang der tiefen Stimme erschreckt

um und presste ihre Hand aufs Herz. Es schlug wie wild. Da stand ein Mann, den sie noch nie zuvor gesehen hatte. Ein älterer Gentleman mit dichtem weißem Haar und einem makellos geschneiderten Frack.

»Ich habe diese Frau heute Nachmittag im *Railyard Café* getroffen«, antwortete Prue. »Sie … liest die Zukunft aus Tarot-Karten.«

»Wirklich? Es überrascht mich, dass Lloyd sie eingeladen hat«, sagte der Mann. »Sie sieht ein wenig … exzentrisch aus im Vergleich zu seiner üblichen Gästeliste.« Der Mann streckte ihr seine Hand entgegen. »Ich bin Jason Roman. Lloyd sagte mir, Sie sind Expertin für Antiquitäten.«

Prue lächelte und schüttelte seine Hand. »Ich arbeite bei Bucklands.«

»Leider verstehe ich nicht sehr viel von Antiquitäten«, gab Roman zu, »aber ich bewundere Frauen, die nicht wie die anderen sind.«

Prue fühlte, wie sich ihr Magen zusammenballte. Ahnte dieser Mann womöglich, dass sie eine Hexe war? Obwohl sie wusste, dass das unmöglich war, hatte sie manchmal das Gefühl, dass man ihr ihre Kräfte an der Nasenspitze ansehen konnte. »Nicht wie die anderen?«, fragte sie.

Roman lächelte. »Vielleicht ist es Ihnen nicht aufgefallen, aber Sie sind die einzige Frau hier, die nicht Schwarz trägt.«

Prue blickte sich rasch um. Die meisten Frauen trugen Seide oder Chiffon, und sie waren alle in Schwarz gekleidet. Die Männer trugen ausschließlich schwarze Fracks. Prue blickte an ihrem roten Seidenkleid herab.

Sie blickte Jason wieder an und lachte beschwingt. »Ich glaube, man könnte sagen, ich bin von Dunkelheit umgeben.«

Er lächelte. »In der Tat. Ich finde, das Rot ist eine willkommene Abwechslung.« Er hob sein Champagnerglas, um ihr zuzuprosten. »Sie stechen damit quasi aus der Menge hervor.«

Prue nickte und hob ebenfalls ihr Glas. »Danke«, sagte sie und hatte das Gefühl, gleich vor Erleichterung zusammenbrechen zu müssen. So viel zu Elena und ihren lächerlichen Vorhersagen.

Sie verabschiedete sich von Jason Roman und schritt die Marmortreppe wieder hinab. Als sie auf halber Höhe ihr leeres Glas einem Kellner gab, entdeckte sie Robert Galliard im Erdgeschoss. Er machte gerade seinen Weg durch die Menge, um Lloyd Claiborne zu begrüßen.

Plötzlich wandte sich sein Blick ihr zu, als hätte er genau gespürt, wo sie in diesem Moment stand. Ein leichtes Lächeln spielte um seine Lippen, und er begann die Stufen, die sie trennten, zu erklimmen.

Prue war überrascht, dass sie so erfreut war, ihn zu sehen. Sie hatte auf der Party schon viele Männer getroffen und sich auch mit einigen über die Bedeutung von Claibornes Kollektion unterhalten, aber niemand hatte die Ausgesuchtheit der Stücke bisher richtig zu würdigen gewusst. Sie ahnte, dass Robert dafür genau der Richtige war.

Phoebe hat Recht gehabt, stellte Prue jetzt fest. Ich und Robert, wir haben viel gemeinsam. Leider gab es da immer noch das kleine Problem mit dem Familiengeheimnis der Halliwells. Sie fragte sich, ob ihr Vater gewusst hatte, dass er mit einer Hexe verheiratet war. Schließlich hatte Mutter dieses Geheimnis sogar vor ihren Töchtern verborgen. Wird ein Teil meines Leben auf ewig ein Geheimnis bleiben?, fragte sich Prue.

Leider kam das *Buch der Schatten* nicht mit einer Bedienungsanleitung, was Hexen-Etikette anging – nur Beschwörungen, Formeln und kurze historische Abrisse, wenn es um Kreaturen ging, die durch die Nacht schlichen.

Robert hatte das Ende der Treppe erreicht und kam auf sie zu. »Hallo«, sagte er in seinem breiten französischen Akzent.

Prue fand die Art, wie er die Worte betonte, sehr charmant. Sie wollte ihn besser kennen lernen, und doch hatte sie Angst davor, wohin das führen konnte. »Sie haben das Feuerwerk verpasst«, antwortete sie und versuchte, ihre Stimme unverkrampft klingen zu lassen.

»Ich bin im Verkehr stecken geblieben. Ich habe auch befürchtet, Sie zu verpassen.« Er sah sie sehr intensiv an; seine blauen Augen schienen geeignet zu sein, in ihnen zu ertrinken.

Als er ihre Hand nahm, fühlte sie einen warmen Schauer ihren Arm herauflaufen. Prue wünschte sich inständig, wieder bereit für eine neue Beziehung zu sein. Aber sie war es nicht, und es war besser, diese Sache gar nicht erst ausarten zu lassen. »Ich war gerade im Begriff, zu gehen«, sagte sie daher.

Roberts Augen weiteten sich ungläubig. »Was für einen Sinn macht es, zu einer Silvester-Party zu kommen, wenn man schon vor Mitternacht wieder verschwindet?«

»Neugier. Seit ich bei Bucklands Auktionen angefangen habe, hat man mir von Clairbornes Haus und seiner einzigartigen Sammlung erzählt. Ich konnte eine Einladung, die mir einen Blick darauf erlaubt, einfach nicht ausschlagen. Außerdem«, gestand sie, »hat Claire uns deutlich gemacht, dass es sich für alle Schätzer um einen Pflichttermin handelt.«

»Ja, so ist Claire«, stimmte Robert ihr mit einem Lächeln zu. »Aber Sie haben Recht, was die Sammlung angeht. Es ist eine der besten im ganzen Land. Besonders, da …« er blickte gespielt bescheiden, »… ich ihm einige der Stücke verkauft habe. Und Claire hat Recht. Je besser man den Kunden kennt, desto besser kann man sagen, was ihm gefallen wird.«

Als ein Kellner vorbeiging, nahm Robert zwei Champagnerflöten vom Tablett und reichte eine davon Prue. »Bitte bleiben Sie noch ein wenig.«

Prue lächelte. »Ich bleibe, bis das Glas leer ist. Ich habe meinen Schwestern versprochen, sie im *quake* zu treffen.«

»*Quake*?«, fragte er.

Prue nickte. »Das Restaurant, das meine Schwester Piper managed. Da spielt heute Abend angeblich eine sehr gute Band.«

»Dann gehe ich mit Ihnen zu dieser Party«, bot Robert an. »Clairbornes Kammerorchester ist zweifellos elegant, aber tanzen kann man dazu nicht.«

Warum kämpfe ich dagegen an?, fragte sich Prue. Robert ist charmant, hinreißend und einer der wenigen Männer, die ich kenne, der sich tatsächlich für Antiquitäten interessiert. Zögernd lenkte sie ein und nickte. »Na gut, aber es ist eine ganz andere Art von Party.«

Sie sah, wie seine Augen angesichts der Einwilligung aufleuchteten und kurz darauf neugierig funkelten. »Hatten Sie heute Lunch mit Ihren Schwestern, als ich Sie im Café sah?«, fragte er.

»Ja. Sogar mit beiden. Entschuldigung, dass ich Sie Ihnen nicht vorgestellt habe.«

»Sie können mich ja im *quake* vorstellen.« Er stieß mit seinem Glas an das ihre. »Lassen wir die Vergangenheit ruhen.«

Prue lächelte. »Aber die Vergangenheit ist doch unsere Spezialität.«

Roberts Blick wanderte umher. »Clairbornes Haus erinnert mich zu sehr an ein Museum«, sagte er.

»Mich auch. Könnten Sie sich vorstellen, hier zu leben?«

»Ich besuche gerne Museen, aber ich weiß nicht, ob ich in einem leben möchte«, sagte er. »Es erscheint mir ein wenig kalt.«

Prue nickte. »Ich lebe im alten Haus meiner Großmutter. Es ist nicht mit großer Kunst gefüllt, aber es hat etwas Warmes, Gemütliches.«

»Das würde mir gefallen«, sagte er. »Ein Ort, den es schon seit Generationen gibt.«

Sie grinste. »Sehen Sie? Wir können die Vergangenheit nicht vergessen.«

Er lachte. »Vielleicht haben Sie Recht.« Er deutete mit seinem Glas in Richtung einer Glasvitrine am anderen Ende des Zwischengeschosses. »Was halten Sie von Claibornes exzellenter Kollektion von Halsketten?«

»Fantastisch, aber zwei der Stücke konnte ich nicht identifizieren«, gab sie zu.

Robert nahm ihre Hand, und sie fühlte die Wärme seines Körpers durch den ihren fließen. Er führte sie durch das Zwischengeschoss zur Vitrine. Sie studierte die drei fraglichen Halsketten und verglich sie im Geiste mit anderen Exponaten, die sie kannte.

»Welche haben Sie zuordnen können?«, fragte Robert.

»Die aus Jade und Gold in der Mitte. Sie ist aus China – wahrscheinlich aus der Han-Dynastie«, erklärte Prue, die das Handwerk dieser Epoche erkannt hatte.

»Ich bin beeindruckt«, sagte er leise.

Sie fühlte, wie ihr die Hitze ins Gesicht stieg, und warf ihm einen Blick zu. Es wunderte sie nicht, dass er lächelte. »Sagen Sie mir etwas über die anderen beiden«, bat sie.

Er deutete auf eine Halskette mit feinen goldenen Scarabäen, die sich mit goldfarbenen und rotgoldenen Anhängern abwechselten. »Die Käfer stehen für das ewige Leben«, erklärte Robert. »Diese Kette kommt sicher aus dem alten Ägypten. Claiborne schwört, dass Cleopatra sie getragen hat.«

»Sie klingen etwas skeptisch«, merkte Prue an.

»Das liegt daran, dass die Kette aus der achtzehnten Dynastie stammt, aus der Zeit irgendwo zwischen dem fünfzehnten und zwölften Jahrhundert vor Christus. Die Perioden stimmen nicht überein.«

»Ich verstehe«, sagte Prue lächelnd. »Und Claiborne interessiert sich für solche Kleinigkeiten wie Alter nicht?«

»Claiborne weiß, wie alt die Halskette ist. Ich denke, er findet einfach den Gedanken romantisch, dass Cleopatra sie getragen haben könnte. Und wer weiß? Vielleicht wurde sie ja durch die Jahrhunderte weitergereicht. Für die dritte Kette hege ich eine spezielle Leidenschaft.«

Er zog einen kleinen Schlüssel hervor und öffnete die Vitrine. Dann hob er den Glasdeckel und schob seine Hand unter eine Goldkette. Verziertes Gold umspielte einen ovalförmigen Smaragd. Der Stein schien das Licht des Kronleuchters förmlich aufzusaugen. Prue konnte die winzigen Ziselierungen auf dem Gold nicht genau erkennen, aber irgendwas in ihrem Hinterkopf regte sich. Irgendetwas kam ihr bekannt vor.

Robert hob die Kette lässig von der samtenen Unterlage. »Ich muss noch einige Details mit Claiborne absprechen, aber er hat zugestimmt, sie mir zu verkaufen.«

Prue fühlte ein wenig Neid in sich aufsteigen. Sie konnte sich nicht vorstellen, jemals ein so wunderschönes Schmuckstück zu besitzen. »Ich verstehe nicht, wie er es verkaufen kann«, gab sie zu. »Es ist himmlisch.«

»Es gehört an den Hals einer himmlischen Person«, sagte Robert und legte ihr die Kette um.

Ein Spiegel mit einem Rahmen aus goldfarbenen hölzernen Blättern hing über der Vitrine. Prue betrachtete sich selbst und den glitzernden Smaragd, der an ihrem Hals hing. Sie sah, wie Robert zurücktrat, drehte sich um und fragte: »Wohin gehen Sie?«

»Ich möchte nur ein wenig Abstand haben, um Sie und die Kette deutlicher sehen zu können. Ja, Sie gehören eindeutig zusammen.«

Prue hörte, wie die Uhr Mitternacht schlug. Plötzlich gingen alle Lichter aus.

»Fröhliches neues Jahr!«, brüllten alle Gäste im Chor. Pfiffe und Heuler folgten. Prue hörte Champagnerkorken knallen und Menschen lachen. Wo war Robert?

Draußen waren Feuerwerke zu sehen, aber sie waren zu weit weg, um den Raum zu erleuchten. Prues Augen hatten sich noch nicht an die Dunkelheit gewöhnt, aber sie erkannte mit erschreckender Deutlichkeit, dass es sie störte, dass Robert sich von ihr entfernt hatte.

Okay, ich habe gelogen, was Silvestertraditionen angeht, gab sie vor sich selbst zu, ich würde jetzt gerne von ihm geküsst werden.

Sie bewegte sich nicht, aus Angst, Robert würde sie im Dunkeln nicht mehr finden. Wenn er einfach geradeaus ging, würde er genau auf sie stoßen.

Sie spürte einen Luftzug direkt vor sich, eine leichte Brise, eine feine Bewegung, kaum nennenswert. Dann drückte sich sein Mund auf den ihren. Sie schloss ihre Augen und hatte das Gefühl, durch die Zeiten hinweggerissen zu werden.

Ihr Körper wurde heiß. Sie hatte noch nie einen Kuss so intensiv und so völlig vereinnahmend gespürt. Es war, als wären alle ihre Sinne verstärkt worden, um sich ganz auf Roberts Kuss konzentrieren zu können. Es gab in diesem Moment nichts außer diesem Kuss.

Und der Kuss – er wurde tiefer, fordernder, bis alles dahinschmolz und nur noch Lippen auf Lippen lagen, hungrig, leidenschaftlich.

Da ging das Licht plötzlich wieder an. Der Kuss endete. Schwer atmend öffnete Prue langsam ihre Augen. Es war, als erwachte sie aus einem Traum. Sie wollte sich in Roberts blauen Augen verlieren. Sie wollte in ihnen lesen, dass er genau das fühlte, was auch in ihr vorging.

Aber es war niemand da.

Sie drehte sich etwas zu Seite, und da sah sie Robert in der Nähe stehen. Er lächelte Prue an und drängte sich an einem küssenden Paar vorbei. Ein Mann rempelte Prue an, murmelte »Entschuldigung« und ging weiter.

Bevor Prue denken oder reagieren konnte, zog Robert sie an sich. Sie warf ihre Arme um seinen Nacken, wollte ihn sofort wieder küssen.

Er senkte den Kopf, um ihren Kuss sanft und zärtlich zu erwidern.

Prue wollte das Gefühl von eben zurückhaben, stellte sich auf die Zehenspitzen und presste ihren Körper an seinen. Sie hoffte, dass er sie nun intensiver küssen würde. Aber stattdessen glitt sein Mund nur sachte über den ihren. Sie konnte die Leidenschaft, den Hunger, die Spannung, die noch vor wenigen Momenten greifbar gewesen waren, nicht mehr spüren.

Robert lächelte warm. »Besser spät als nie«, sagte er.

Prue sah ihn verwirrt an. »Was meinst du damit?«

»Ich konnte dich eben im Dunkeln nicht finden«, gab er zurück.

Prue fühlte ihr Herz pochen und das Blut in ihren Schläfen pulsieren. »Was soll das heißen?«

»Ein Kuss um Mitternacht wäre so … so … wie sagt man … poetisch gewesen. Aber dieser hier ist fast genauso gut.«

Prue keuchte, als die Erkenntnis sie wie ein Blitz traf. Robert war nicht der Mann gewesen, den sie um Mitternacht geküsst hatte.

Aber wenn er es nicht gewesen war, wer dann?

Sie drehte ihren Kopf und versuchte zu erspähen, wer ihr am nächsten stand. Aber die Menschen um sie herum bewegten sich schnell und hektisch durch die Gänge, gefangen im Neujahrstaumel. Sie war dankbar, dass Robert weder ihre Verwirrung noch ihre Enttäuschung bemerkt hatte.

Er streckte seine Hand aus. »Prue, ich brauche die Halskette, um sie wieder in Clairbornes Vitrine zu legen.«

»Natürlich.« Prue nahm die Goldkette ab und legte sie ihm in die Hand. Sie sah zu, wie er die Kette an ihren rechtmäßigen Platz legte.

»Frohes neues Jahr«, sagte jemand hinter Prue.

Sie drehte sich um. Ein großer Mann, den sie nicht kannte, stand dort. Vielleicht war er es ja, der sie so leidenschaftlich geküsst hatte.

Sie stellte sich auf die Zehenspitzen, legte ihre Arme um seinen Hals und küsste ihn. Sie musste wissen, wer dieses Gefühlschaos in ihr ausgelöst hatte. Ein Hunger war in ihr geboren worden, der gestillt werden musste.

Wenn nötig, würde sie jeden einzelnen Mann auf der Party küssen, um den zu finden, der ihr die Antwort auf die Frage geben konnte, die sie im Moment mehr als alles andere beschäftigte: Wer zum Teufel hat mich so geküsst?

3

PIPER TANZTE ZUR pulsierenden Musik der *Night Owls*. Sie drehte sich schnell um ihre Achse, und Jake tat es ihr gleich. Sie mochte die Art, wie er tanzte. Sie mochte auch die Art, wie er sie nie aus den Augen verlor.

Sie wünschte bloß, die Band würde mal ein langsames Lied spielen. Bloß eins – vielleicht um Mitternacht. Jake griff nach ihrer Hand und wirbelte sie herum. Piper lachte.

Die Musik ebbte ab, und damit begannen Pipers Verpflichtungen wieder. Obwohl alles nach Plan lief, war sie doch immer noch der Manager dieses Etablissements. Sie musste die Küche mal wieder überprüfen, aufpassen, dass die Türsteher und Kellner nicht durchdrehten und dass Champagner und Wein nicht knapp wurden. Zudem wollte sie den Besitzer des *quake* demnächst auch noch davon überzeugen, allen Angestellten, die an Silvester gearbeitet hatten, einen Bonus zu zahlen.

Atemlos brüllte Piper durch das Getöse der Musik: »Ich muss mal nach Billy sehen, um festzustellen, ob in der Küche alles in Ordnung ist.«

Jake nahm ihre Hand. »Es ist fast Mitternacht. Nur noch einen Tanz.«

Das schlechte Gewissen nagte an Piper. Das wäre dann ihr dritter oder vierter Tanz. Sie hatte nicht mitgezählt.

In dem Moment kam Phoebe zu ihr gerannt, genauso atemlos wie Piper. Piper war ziemlich sicher, dass Phoebe keinen Tanz ausgelassen hatte.

»Ist heute Nacht nicht der Hammer?«, fragte Phoebe Jake.

Jake grinste und sah Piper an. »Ich amüsiere mich prächtig. Ich wünschte nur, es wäre nicht so schwer, Piper davon zu überzeugen, mir noch einen Tanz zu gönnen.«

Piper war hin- und hergerissen zwischen dem, was sie tun

musste, und dem, was sie tun wollte. »Warum tanzt du nicht mit Phoebe, während ich …«

»Ich tanze mit euch beiden«, sagte Jake und ergriff die Hände der Schwestern. »Kommt schon. Genießt die letzten Minuten des alten Jahres.«

Die Musik wurde wieder lauter und rockiger. Jake tanzte nun mit beiden jungen Frauen, aber er behielt nur Piper im Auge. Sie wünschte sich, Prue wäre da, um ihn kennen zu lernen. Er war einfach süß.

Sie wusste, dass er sie um Mitternacht küssen würde, und das war genau das, was sie wollte. Sie hatte so etwas lange nicht mehr gefühlt.

Jemand brüllte: »Zehn!«

Andere stiegen mit ein: »Neun!«

Der Countdown hatte begonnen. »Acht!«

Die Musik wurde langsamer. »Sieben!«

Jake ließ Phoebes Hand los. »Sechs!«

Er stellte sich näher zu Piper. »Fünf!«

Trillerpfeifen ertönten. »Vier!«

Ballons fielen von der Decke. »Drei!«

Sie tanzte nun nicht mehr. »Zwei!«

Jake sah ihr in die Augen. »Eins!«

Jake zog Piper zu sich heran. »Frohes neues Jahr«, sagte er leise.

Sie schloss ihre Augen, bereit für den Kuss, aber jemand zog sie herum. Ihre Augen öffneten sich, und vor ihr stand Billy, sein sommersprossiges Gesicht nah an ihrem. »Was machst du denn?«, fragte sie.

»Es tut mir Leid, aber wir haben einen Notfall in der Küche. Eine der Leitungen unter dem Abfluss ist geborsten, und jetzt steigt das Wasser.«

Piper drehte sich von Billy weg. »Sorry«, sagte sie zu Jake. »Ich muss da mal nachsehen.«

Er winkte ab. »Geh schon. Ich verstehe.«

Piper folgte Billy, der sich einen Weg durch die Menge

bahnte. Sie sah noch einmal über ihre Schulter zurück. Jake stand ein bisschen verloren zwischen den Ballons und Luftschlangen. Ihr Herz sank in die Magengrube, als sie sah, wie er Phoebe jetzt einen kleinen Kuss auf die Wange gab.

Einen Kuss, der ihr zugestanden hätte.

»Das ist auf jeden Fall etwas ganz anderes als Claibornes Party«, sagte Robert laut über die Musik hinweg, als er mit Prue das *quake* betrat.

Prue warf ihm einen Seitenblick zu. »Ich habe dich gewarnt.«

»Prue!« Beide Schwestern gesellten sich sogleich an ihre Seite. Die drei umarmten sich innig. »Sieht aus, als wäre die Party ein großer Erfolg.«

»Ist sie. Und Piper hat erfolgreich geangelt«, verkündete Phoebe.

Piper warf ihrer Schwester einen bösen Blick zu. »Aber *ich* habe ihn nicht geküsst.«

»Weil du weg musstest. Außerdem war es ein unschuldiger Kuss. Ich habe gesehen, wie er dich dabei angesehen hat. Er ist jetzt wieder an seinem Tisch und wartet darauf, dass du mit der Rettung des Küchenpersonals fertig wirst. An jemand anderem ist er nicht interessiert.«

»Es macht keinen Spaß, die für alles Verantwortliche am Silvesterabend zu sein«, grummelte Piper. »Wir hatten einen kleinen Unfall in der Küche, und ich scheine die Einzige zu sein, die weiß, wie man mit einer Rohrzange umgeht.«

Prue grinste Robert an. »Die Halliwell-Frauen sind sehr praktisch veranlagt.« Sie lächelte ihren Schwestern zu und zog Robert in den Kreis. »Robert, das sind meine Schwestern, Phoebe und Piper.«

»Entzückt, meine Damen«, sagte Robert, griff nach Phoebes Hand zum sachten Kuss und wiederholte das Gleiche bei Piper. »Es ist schön, Sie wieder zu sehen.«

»Genauso entzückt«, antwortete Phoebe.

»Warum gehe ich nicht an die Bar und hole uns eine Flasche Champagner, damit wir auf das neue Jahr anstoßen können?« Er sah Prue an. »Und vielleicht auch auf neue Freundschaften.«

Prue sah ihm nach, als er wegging. Sie mochte Robert, aber sie konnte den Fremden nicht vergessen, der sie um Mitternacht geküsst hatte. Es war Wahnsinn, Robert mit ins *quake* zu bringen, hatte sie sich selbst gesagt. Nun denkt er, ich sei interessiert.

Phoebe kniff Prue in den Arm. »Sag mal, seid ihr zwei jetzt zusammen?«

»Nein. Er wollte unbedingt mitkommen. Hat mich in einem schwachen Moment erwischt, und ich dachte, es wäre eine nette Idee, ihn dabei zu haben, aber nun ... bin ich mir nicht mehr so sicher.«

Prue dachte an den romantischen Kuss, den Robert ihr bei Claibornes gegeben hatte. Vielleicht war das das Problem. Zu süß. Sie wollte leidenschaftlich und fordernd geküsst werden, wie um Mitternacht. Ein seltsames Gefühl durchlief sie, aber sie konnte nicht sagen, was es war, das sie wollte – das sie brauchte.

»Was ist los?«, fragte Phoebe.

Prue schüttelte den Kopf. »Ich war in Gedanken für einen Moment bei der Party der Claibornes.«

Bei Claibornes war es ihr unmöglich gewesen, den Mann zu finden, der dieses Gefühlschaos in ihr verursacht hatte. Er war wie ein Schatten in der Menge verschwunden, und Prue hatte ihn auf die einzige Art zu finden versucht, die ihr zur Verfügung stand. Vielleicht war das der Grund, warum sie es bereute, Robert hierher gebracht zu haben. Es hatte ihm sichtlich missfallen zu sehen, wie sie andere Männer geküsst hatte.

»Wie war es denn bei Claiborne?«, wollte Phoebe wissen.

»Es war ganz okay«, antwortete Prue. Sie hatte nicht vor, ihren Schwestern von dem Mitternachtskuss zu erzählen. Sie wollte das für sich behalten. Aber sie musste etwas anderes mit ihnen teilen. Sie ergriff die Hände ihrer Schwestern. »Ihr werdet nicht glauben, wer auf der Party aufgetaucht ist.«

»Brad Pitt?«, fragte Piper.

Prue rollte die Augen. »Wäre ich hier, wenn er dort wäre? Nein. Elena!«

»Die Tarot-Legerin?«, fragte Phoebe.

Prue nickte. »Es war gruselig. Sie hat mich beobachtet, und sie meinte, sie wolle sehen, wie sich ihre Vorhersage bewahrheitet.«

»Woher wusste sie, dass du bei Claiborne sein würdest?«, wunderte sich Phoebe.

Prue schüttelte den Kopf. »Keine Ahnung.«

»Sie war in der Nähe, als sie dem Pärchen die Karten gelegt hat«, gab Piper zu bedenken. »Ich vermute, sie hat was aufgeschnappt. Vielleicht war es auch bloß Zufall.«

»Und? Wurde ihre Vorhersage wahr? Wurdest du von unnatürlicher Dunkelheit umgeben?«, fragte Phoebe lächelnd.

Prue nickte. »So kann man es auch nennen. Ich trug Rot, und die anderen, und ich meine alle anderen, trugen Schwarz.«

Robert kam mit vier Gläsern und einer Flasche Champagner zurück. »Ladies.« Er reichte die Gläser herum und schenkte ihnen ein.

Prue beobachtete die Bläschen, die in ihrem Glas nach oben stiegen. Sie fühlte auch in sich etwas aufsteigen, aber es war ein Drang, den sie nicht genau deuten konnte.

»Auf die Zukunft«, sagte Robert.

»Auf die Zukunft«, wiederholten die Schwestern. Sie schlugen ihre Gläser aneinander und nippten am Champagner.

In diesem Moment sah Prue einen gut aussehenden blonden Mann auf die Gruppe zukommen. Ihre Lippen kribbelten. Sie redete sich ein, es sei der Champagner, aber sie hatte ganz verrückte Gefühle. Sie wollte diesen Fremden küssen. Warum?, fragte sie sich. Ihr Mitternachtsküsser würde sich wohl kaum im *quake* aufhalten.

Der blonde Mann blieb vor Piper stehen und lächelte sie an. »Wenn du mit Billy und der Küche fertig bist, könnten wir ja vielleicht noch mal tanzen.«

Pipers Gesicht hellte sich auf. »Sehr gerne.« Sie stellte Jake schnell den anderen vor und gab ihr Glas dann an Phoebe ab.

Prue sah zu, wie Piper an Jake gelehnt davonging. »Ziemlich heißer Typ«, sagte sie. »Wie war es, als er dich geküsst hat, Phoebe?«

Phoebe blies geräuschvoll Luft aus. »Kurz und schmerzlos. Er ist definitiv hinter Piper her, nicht hinter mir.«

Prue spürte, wie eine Hitzewelle sie durchlief, während sie die tanzenden und küssenden Pärchen beobachtete. Sie war nicht in Stimmung zu tanzen, aber sie war in Stimmung, das neue Jahr zu feiern. Sie gab Robert ihr Glas. »Danke für den Champagner.«

»Sollen wir tanzen?«, fragte er.

Sie kräuselte die Nase. »Ich bin nicht wirklich in der Stimmung dazu.«

Prue sah, wie Billy aus der Küche geschossen kam, die Kochmütze schief auf dem Kopf. Ihr fiel auf, dass er einige Sommersprossen auf der Nase hatte. Ich habe nie gemerkt, wie süß er ist, dachte Prue.

Sie beobachtete, wie er finster dreinblickend auf sie zukam.

»Weißt du, wo Piper ist?«, fragte Billy.

Ohne nachzudenken, legte ihm Prue die Hände auf die Wangen und küsste ihn fest. Als sie sich wieder zurückzog, grinste sie breit, aber ihr Lächeln schwand schnell, als sie Billy ansah.

Ein grauer Schleier, wie ein Nebel, legte sich über sein Gesicht. Seine Sommersprossen verschwanden. Seine Haut schien zu schrumpfen, zog sich langsam zurück, spannte sich, bis sein Kopf einem Totenschädel glich. Seine Augen wurden dunkel und umschattet.

Prue blinzelte. Das Bild löste sich rasch wie ein Hauch von Nebel auf, der vielleicht nie existiert hatte. Billy sah gut aus, seine Sommersprossen waren wieder da. Was für einen Champagner hatte Robert ihr da eingeschenkt?

Billy starrte sie mit offenem Mund an. »Mann, Prue, wofür war das denn?«

Zitternd versuchte Prue, einen Sinn hinter dem ganzen Ereignis zu finden. Sie schüttelte den Kopf und versuchte, beides irgendwie ungeschehen zu machen – die Fratze und den Kuss, den sie Billy gegeben hatte. »Es ist Neujahr, Billy. Sieh dich um. Alle küssen sich. Frohes neues Jahr, Billy.«

Sie nahm seine Hand. »Ich bringe dich zu Piper.« Dann sah sie über ihre Schulter zu Robert zurück. »Bin gleich wieder da.«

Während sie Billy durch das Restaurant führte, fühlte sie das Kribbeln in den Lippen wieder. Vielleicht sollte sie jemand anderen küssen. Prue fühlte sich sexy und zum Flirt bereit, als ihr Blick durch die Menge streifte. Was, wenn mein Mitternachtsphantom doch hier ist?, fragte sie sich. Was, wenn er mir von der Claiborne-Party gefolgt ist? Obwohl sie nicht einmal wusste, wie er aussah, war sie sicher, ihn niemals zu vergessen. Sie war überzeugt, alles für den Mann zu tun, der sie so geküsst hatte.

Prue schüttelte energisch den Kopf. Reiß dich zusammen, sagte sie sich.

Er ist nicht hier, und es gehört nicht zu deinen üblichen Gepflogenheiten, Männer zu küssen, die du nicht kennst.

Trotzdem gab ein Teil von ihr die Hoffnung nicht auf. Vielleicht war es der Champagner, vielleicht die Atmosphäre totaler Freiheit oder das Neue Jahr, in dem alles möglich schien. Die Menschen um sie herum waren angeheitert, lachten und küssten sich, als gäbe es kein Morgen.

Nur einmal will ich etwas Verrücktes machen, entschied sie sich. Ab und an machte es einfach Spaß, mal auszuflippen. Zu feiern!

Sie trafen auf Piper, und sie tippte ihrer Schwester auf die Schulter. »Billy braucht dich.« Dann sah sie Jake an. »Und ich übernehme hier.«

Piper begann, sich wortreich bei Jake zu entschuldigen. Prue dachte schon, ihre Schwester würde nie verschwinden. Ohne einen Takt auszulassen, nahm sie den Platz ihrer Schwester als Jakes Tanzpartnerin ein. »Phoebe sagt, Sie seien ein toller Küsser.«

Sie sah, wie Jake rot wurde. Oh, der ist aber süß, dachte sie.

»Woher will sie das wissen? Ich habe ihr nur einen kleinen Neujahrskuss gegeben«, antwortete er. »Auf die Wange.«

Prue lehnte sich näher an ihn, die Hitzewelle übermannte sie wieder. »Dann will ich doch mal sehen, ob sie Recht hat.«

Sie trat einen Schritt auf ihn zu, schlang ihre Arme um seinen Nacken und bewegte ihre Mund zu seinem. Er legte ihr die Hand auf die Lippen und entwand sich dann ihrem Griff. »Danke für das Angebot, Prue, aber, nein, danke.«

»Es ist Neujahr«, protestierte sie. »Was ist schon gegen einen kleinen Kuss einzuwenden?«

Er schüttelte den Kopf. »Nehmen Sie es mir nicht krumm, aber wenn ich Pipers Schwestern küsse, bevor ich Piper küsse, nimmt die Sache einen ganz falschen Verlauf.«

Ungeduldig fuchtelte Prue mit der Hand in der Luft herum. »Was auch immer. Ich finde jemand anderes.«

Sie trottete davon und auf ein tanzendes Pärchen zu. Die Frau schmiegte sich eng an den Mann.

Prue kniff die Augen zusammen, konzentrierte sich auf ihre telekinetischen Fähigkeiten und drückte die Frau ruckartig von dem Mann weg. Sie schlitterte durch den Raum, als hätte sie einen gewaltigen Tritt bekommen. Großes Gelächter erfüllte den Raum, als sie zu Boden ging.

Prue stellte sich vor den Mann. »Du willst doch gar nicht sie.« Dann legte sie ihre Arme um ihn und zog ihn an sich heran. Aber es war nicht gut. Es war nicht das, was sie wollte, nicht das, wonach sie suchte. Doch sie war sicher, es wieder finden zu können.

Sie brach den Kuss ab, starrte dem Mann ins Gesicht und sah wieder den seltsamen Schleier über seine Züge fallen. Der

Mann wurde bleich. Dunkle graue Ringe formten sich unter seinen Augen, die in die Höhlen zurücksanken.

Prue fühlte, wie jemand sie zur Seite stieß.

»Lass ihn in Ruhe!«, schrie die Freundin des Mannes.

Prue riss sich von dem Anblick der Frau los, um ihren Kuss-Partner zu beobachten. Aber er sah wieder normal aus. Und er grinste breit.

»Wow! So bin ich noch nie geküsst worden«, sagte er.

Die Frau knuffte ihn hart am Arm.

»Hey, tut mir Leid«, sagte er schleppend, »aber der Kuss war klasse.«

Prue sah die Frau an und hob abwehrend die Hände. »Es tut mir Leid. Ich habe mich hinreißen lassen. Sie können ihn haben.«

Damit ging sie, doch in ihrem Gehirn brodelte es. Hinreißen lassen? Sie wusste, dass sie ihre Kräfte nicht in der Öffentlichkeit benutzen durfte. Und dann diese seltsamen Bilder. Wo kamen sie her? Es ergab keinen Sinn. Sie waren fast wie Halluzinationen.

Ich fühle mich, als hätte man mir Drogen eingeflößt, stellte Prue fest. Warum sehe ich Dinge, die es gar nicht gibt?

Sie schüttelte den Kopf. Sie wollte diesen Drang ignorieren, aber der Wunsch zu küssen kam stärker als zuvor über sie. Sie ging zu einem jungen Mann mit zurückgegelten Haaren, der alleine stand. Er trug einen schicken Anzug mit Krawatte und sah wie ein Banker aus. »Küss mich, sofort!«, befahl sie ihm, als sie ihre Arme um ihn schlang und ihre Lippen auf die seinen presste.

Lahm, lahm, lahm, dachte sie einen Moment später. Keine Leidenschaft. Kein Feuer. Kein Leben. Eine Leiche kann das wahrscheinlich besser.

Prue trat einen halben Schritt zurück. Der Rauch umwölkte den Mann. Sie sah sein Gesicht grau werden. Seine Lippen sprangen auf und bluteten, als er nach Luft schnappte.

»Nein! Hör auf!« Sie schubste ihn von sich. In ihrem Kopf

drehte sich alles, und sie presste die Hände an die Stirn. Wo kommen nur diese Bilder her? Warum spielt mein Geist diese bösen Spiele mit mir?, fragte sie sich leicht panisch. Zu viel Champagner. Das muss es sein. Ich werde einfach nichts mehr trinken.

Sie sah sich im Raum um.

Aber ich brauche noch einen Kuss!

Phoebe saß mit Robert an der Bar und beobachtete Piper, die mit Jake tanzte. Es hatte nicht lange gedauert, und Piper hatte das Problem mit Billy in der Küche gelöst und schwang nun wieder das Tanzbein. Phoebe konnte es ihr nicht verdenken. Jake war anbetungswürdig und ein wenig schüchtern, genau wie Piper. Die beiden gaben ein gutes Paar ab.

Sie dachte auch, dass Prue und Robert ein gutes Paar abgaben. Wenn Prue sich mal wieder sehen lassen würde. Stattdessen schien sie es darauf angelegt zu haben, jeden einzelnen Mann im *quake* abzuknutschen. Jeden bis auf den, mit dem sie gekommen war. Robert tat Phoebe wirklich Leid.

Sie sah, wie Prue wieder einen Mann küsste und ihn dann wegstieß. Wie viel hat sie denn getrunken?, fragte sich Phoebe. Das ist so gar nicht ihre Art. Da muss mehr als Champagner mit im Spiel sein. Versucht sie mit aller Gewalt, Robert ihr Desinteresse zu demonstrieren? Wenn Prue keine Beziehung eingehen will, dann kann sie doch wenigstens ehrlich zu ihm sein …

Phoebe drehte sich zu Robert, in dessen blauen Augen die Enttäuschung geschrieben stand.

»Ich weiß nicht, was heute Abend in Prue gefahren ist«, sagte Phoebe leise. »Sie scheint … nicht sie selbst zu sein. Vielleicht hatte sie zu viel Champagner.«

Robert hielt das Glas Champagner hoch, welches ihm Prue kurz zuvor in die Hand gedrückt hatte. Es war noch halb voll. »Ich denke, das ist nicht das Problem, Phoebe, aber ich danke Ihnen für den Versuch, meinen Stolz zu retten.«

Phoebe stemmte ihre Ellbogen auf die Bar und legte ihr Kinn darauf. »Ich habe immer gehört, die Franzosen seien gut im Küssen.«

»Anscheinend sieht Prue das nicht so.« Er seufzte. »Ich habe sie bei Clairbornes geküsst. Ich würde sie auch gerne wieder küssen – wenn ich denn noch einmal so nah an sie herankäme.«

»Wie haben Sie sich eigentlich kennen gelernt?«

Er zuckte mit den Schultern und sein Blick wanderte wieder zu Prue. »Bei einer Auktion im letzten Jahr. Wir boten beide für dasselbe Stücke, eine etruskische Urne.«

»Ja, Prue liebt gute Versteigerungskriege.«

Er lächelte. »Ich weiß. Das konnte ich in ihren Augen sehen. Ich hätte sie leicht überbieten können, habe es aber nicht getan.«

»Sie haben ihr die Urne überlassen?«

Er nickte. »Ich wollte sie kennen lernen, und das schien mir eine schönere Geste als Blumen. Aber sie gab sich sehr geschäftlich.«

»Ihre Karriere bedeutet ihr sehr viel«, sagte Phoebe. Ihr Blick schweifte rasch durch das Lokal, und sie sah Prue erneut einen Typen küssen.

»Nachdem ich letztes Jahr San Francisco verlassen hatte, musste ich immer an sie denken. Seit ich wieder hier bin, habe ich alles versucht, ihre Aufmerksamkeit zu erlangen, aber sie geht mir aus dem Weg. Ich habe nun wirklich alles versucht.«

Robert schüttete den restlichen Champagner in die Flasche zurück, was Phoebe ein bisschen seltsam fand. »Manche Dinge laufen eben nicht wie geplant«, sagte er bitter.

Er stand auf, nahm Phoebes Hand, legte sie an seine Lippen und küsste sie sachte. »Vielen Dank, dass sie mir Gesellschaft geleistet haben. Sagen Sie Prue, dass sie mich anrufen soll, wenn sie den Rest des Champagners haben will.«

Das war seltsam, dachte Phoebe. Warum bestand er darauf, Prues Champagner mitzunehmen? Sie zuckte mit den Achseln und sah ihm nach, wie er das *quake* verließ. Phoebe fragte sich, wie es wohl sein mochte, wenn ein so toller Typ richtig hinter einem her war. Sie wandte ihre Aufmerksamkeit wieder den tanzenden und sich angeregt unterhaltenden Pärchen zu. Sie sah Prue, die gerade dabei war, einen weiteren Gast zu küssen, der nicht halb so interessant aussah wie Robert.

»Prue, du hast sie nicht alle«, sagte sie leise.

4

PRUE WUSSTE, dass sie träumte. Aber sie hatte noch nie einen Traum gehabt, der derart real war. So fröstelte sie tatsächlich, als eine leichte Brise über ihre Haut strich, während sie auf dem Balkon des Claiborne-Anwesens stand.

Es bestand kein Zweifel, dass sie sich bei den Claibornes befand. Es war hier, in diesem Haus gewesen, wo sie den unglaublichen Kuss erhalten hatte, und sie wollte das noch einmal erleben.

Prue sah, wie der Morgen erwachte, sah die Sonne am Horizont aufsteigen und ein sanftes Glitzern auf die Wellen des Wassers zaubern, das vom Wind gestreichelt wurde. Eine wunderschöne Art, das neue Jahr zu begehen, dachte sie und begab sich vom Balkon in das Haus.

Sie stieg die marmorne Treppe hinab zum Zwischengeschoss, vom dem aus sie das Erdgeschoss überblicken konnte. In der geheimnisvollen Welt zwischen Schlaf und Wirklichkeit vermochte sie vielleicht den Mann zu finden, der sie geküsst hatte, und zwar genau an dem Ort, an dem es passiert war.

Sie spürte, wie sie jemand an der Hüfte berührte. Ihr Herzschlag beschleunigte sich, und ihre Lippen begannen zu kribbeln. Sie wusste ohne hinzusehen, dass *er* es war. Der Mann, der das Feuer der Leidenschaft in ihr entfacht hatte. Nun würde sie endlich erfahren, wer er war. Sie würde sein Gesicht sehen, seine Augen, sein Lächeln. Sie würde alles über ihn erfahren, was es zu erfahren gab. Langsam begann sie, sich umzudrehen.

»Nein«, flüsterte er, »dreh dich noch nicht um.«

Er hob ihre schwarzen Haare an und küsste den Ansatz ihres Nackens. Warme Schauer durchliefen ihren Körper.

»Von allen Dingen, die ich durch die Jahrhunderte gesehen habe, bist du das schönste«, sagte er mit dunkler Stimme. »Mir scheint, als hätte ich mein Leben lang darauf gewartet, dich zu finden, zu kennen, zu haben.«

Sein Mund glitt an ihrem Nacken hinauf und hinunter. »Dein Kuss gibt mir Leben«, sagte er.

Und *seine* Küsse durchloderten sie wie eine Flammenzunge.

Prue drehte sich um, um ihn anzusehen. Schatten fielen von der Kapuze einer dunklen Robe über sein Gesicht. Sie wollte die Kapuze zurückschieben, um sein Gesicht zu sehen, aber sie ahnte, dass der Traum dann vorbei sein würde. Dass sie ihn dann verlieren würde.

»Erkennst du mich?«, fragte er.

»Nur durch deinen Kuss«, antwortete sie.

»So soll es sein.« Er berührte ihr Gesicht mit seinen Handflächen und zog es sacht zu sich in den Schatten. Dann senkte er den Kopf, und sie fühlte wieder diese Gier in sich aufsteigen. Sie schlang ihre Arme um ihn und presste ihren Körper an den seinen.

Ihre Lippen waren wie feurige Zwillinge, die mit Leidenschaft brannten, und der Moment, da sie sich trafen, erfüllte sie mit einem Verlangen, einer Sucht, ihn auf ewig zu küssen.

Er hatte gesagt, ihr Kuss gäbe ihm Leben. Er brauchte sie. Er wollte sie.

Und plötzlich verlor alles andere in ihrem Leben an Bedeutung.

Viel später an diesem Morgen saß Phoebe am Frühstückstisch, kritzelte auf einen Papierblock und versuchte, eine Art Neujahrsplan aufzustellen. Aber in Gedanken kehrte sie immer wieder zu dem seltsamen Verhalten von Prue in der Silvesternacht zurück.

Vielleicht hatte Prue sich einfach von der Stimmung des Abends mitreißen lassen, dachte sie. Schließlich hatten einige Leute ziemlich aufgedreht. Phoebe schüttelte den Kopf. Dennoch tut mir Robert immer noch Leid.

Sie blickte kurz auf, als sie das Echo von Schritten auf der Treppe hörte.

Piper schlurfte in den Raum und fiel ächzend auf einen der Stühle. »Oh, meine Füße tun so weh. Ich habe noch nie in meinem Leben so viel getanzt.«

»Ich frage mich, wie sich Prue an diesem Morgen fühlt. Sie schläft doch normalerweise nie so lange«, sagte Phoebe.

Piper lehnte sich vor und hob die Augenbrauen. »Was war denn letzte Nacht mit ihr los? Ich habe sie Männer küssen sehen, die sie unmöglich gekannt haben kann.«

»Ich dachte auch, es sei seltsam, wenn nicht sogar ziemlich unflätig. Sie sagte Robert, sie würde gleich wiederkommen, aber dann war sie nur noch damit beschäftigt, jeden Mann im Raum abzuknutschen. Schließlich ist er gegangen.«

»Die letzte Nacht wird sie wohl in mehr als einer Beziehung bereuen«, antwortete Piper. »Prue wird einen hammerharten Kater haben, wenn sie aufwacht.« Sie griff nach einer Box mit Donuts, die auf dem Tisch stand. »Wie ich sehe, frühstücken wir heute Morgen gesund.«

»Ich dachte, ich sollte das neue Jahr gleich mit guten Vorsätzen beginnen«, sagte Phoebe lachend und fragte sich, wie die Sache mit Jake und Piper letzte Nacht wohl ausgegangen war. »Jake ist ziemlich süß. Hast du vor, ihn wieder zu sehen?«

Piper lächelte. »Wir werden sogar noch diese Woche ausgehen.«

»Das ist ja toll!«, kreischte Phoebe. Piper hatte sich seit der Sache mit Jeremy von Männern fern gehalten. Nicht, dass Phoebe ihr daraus einen Vorwurf gemacht hätte, aber sie war froh zu sehen, dass Piper Jake eine Chance gab. Phoebe hatte ein gutes Gefühl, was die beiden betraf.

»Es wird schon hinhauen, solange er sich nicht als Hexer entpuppt, Piper«, versicherte Phoebe und hoffte inständig, damit Recht zu haben. Piper hatte schon ein traumatisches Erlebnis gehabt, ein zweites war nicht nötig.

»Ich schätze, du hattest keine Vision, als er dich letzte Nacht auf die Wange geküsst hat, oder?«, fragte Piper.

Phoebe blinzelte. »Ich sah dich … in einem weißen Kleid. Und er stand in einer Kirche.«

Piper strich Phoebe sanft mit dem Handrücken über den Arm. »Das denkst du dir doch bloß aus.«

Phoebe lächelte. »Stimmt. Keine Visionen, sorry. Noch nicht.«

Piper griff nach dem Block, auf dem Phoebe herumgekritzelt hatte. »Was ist das?«

»Ach, ich habe nur ein bisschen herumgekrakelt«, sagte Phoebe ein wenig verlegen. Sie hatte schon immer gerne gezeichnet, eine Zeit lang wollte sie sogar zur Kunstschule gehen, aber dann hatte etwas sie abgelenkt. Sie wusste nicht einmal mehr, was.

Pipers Augen weiteten sich. »Du nennst das Krakelei? Phoebe, das ist fantastisch! Ich hatte keine Ahnung, dass du so begabt bist.«

»Es hilft mir, mich zu konzentrieren, wenn ich nachdenken muss«, sagte Phoebe.

»Nun, das *quake* braucht neues Briefpapier«, sagte Piper. »Und, ich habe schon nach einem Grafiker gesucht, den ich mir leisten kann, aber keinen gefunden. Willst du nicht das Design übernehmen?«

Phoebe war von dem Angebot begeistert, grinste und drückte den Arm ihrer Schwester. »Mache ich liebend gern. Hey, vielleicht hatte Elena ja Recht, und ich komme doch noch zu Geld.«

»Ich hatte eigentlich gehofft, du würdest es als Freundschaftsdienst tun«, erwiderte Phoebe. »Du weißt schon, von einer Schwester zur anderen.«

»Vielleicht können wir ein Geschäft zum beiderseitigen Vorteil abschließen.« Phoebe wurde bei dem Gedanken, mal etwas Nützliches tun zu können, richtig aufgeregt. »Du machst für eine Woche meine Wäsche. Das scheint mir ein guter Anfang. Und ich habe etwas für meine Mappe, falls ich mich doch noch mal entscheiden sollte, auf die Kunstschule zu gehen.«

»Phoebe, du solltest dir wirklich langsam überlegen, was du mit deinem Leben anfangen willst«, sagte Piper.

»Weiß denn irgendjemand, was er mit seinem Leben anfangen will?«, fragte Prue, die soeben die Küche betrat und sich einen Kaffee eingoss.

Piper und Phoebe tauschten einen Blick. »Gestern wusstest du anscheinend sehr genau, was du willst«, erinnerte Phoebe. »Du wolltest dich auf deine Karriere konzentrieren.«

Prue lächelte und setzte sich zu ihren Schwestern an den Tisch. »Das war gestern.«

»Und auf was willst du dich heute konzentrieren? Oder sollte ich besser fragen, auf wen?«, fragte Phoebe.

»Genau«, stimmte Piper zu. »Erst sagst du, Robert interessiert dich nicht. Dann schleppst du ihn mit ins *quake*, und dann lässt du ihn links liegen. Was sollte das?«

Prue hob die Schultern und starrte in ihren Kaffee. »Robert ist wirklich nett, aber …«

»Aber was?«, drängte Phoebe.

Prue nahm noch einen Schluck von ihrem Kaffee und sah ihre Schwestern an. »Nun … bei der Party in Claibornes Haus letzte Nacht, da ging um Mitternacht das Licht aus, und … und ein Mann küsste mich. Es war der unglaublichste Kuss meines Lebens.«

Phoebe warf Piper einen Blick zu. Sie sah genauso verwirrt aus wie Phoebe. Warum hatte Prue das letzte Nacht nicht erwähnt?

»Ein Mann?«, fragte Phoebe. »Was für ein Mann?«

»Das ist das Problem«, sagte Prue. »Ich weiß nicht, wer er ist. Als die Lichter wieder angingen, öffnete ich meine Augen, aber er war weg.« Sie lächelte. »Ich nenne ihn im Geiste das Mitternachtsphantom.«

Piper lachte. »Wie in einem Superhelden-Comic.« Sie sah Prue prüfend an. »Du meinst das doch nicht ernst, oder?«

Prue hob abwehrend eine Hand. »Ich weiß, es klingt doof, aber ich weiß nicht, wie ich ihn sonst nennen soll.«

»Warte mal«, sagte Phoebe. »Das ergibt doch keinen Sinn. Du hast Robert mit ins *quake* gebracht – direkt von Clairbornes Party. Robert hat mir sogar erzählt, dass ihr euch geküsst habt. Also warum ist Robert nicht dieses Mitternachtsphantom, wo er doch so attraktiv, charmant und so weiter ist?«

Prue schüttelte den Kopf. »Er war es definitiv nicht, der mich um Mitternacht geküsst hat. Zuerst dachte ich, er wäre es. Wir hatten uns gerade unterhalten, und er war ein paar Schritte zurückgetreten, bevor die Lichter ausgingen. Als sie wieder angingen, standen Menschen zwischen uns. Ich glaube, nein, ich weiß, dass er es nicht war.«

»Trotzdem hat er dich geküsst«, beharrte Phoebe, die die Spur nicht so einfach aufgeben wollte.

Prue nickte. »Kurz darauf, aber es war nicht derselbe Kuss. Roberts Kuss war süß und zärtlich. Der Kuss um Mitternacht war so … leidenschaftlich, so drängend gewesen. Ich kann ihn nicht beschreiben. Es war, als ob jeder Teil meines Körpers davon aufgesogen wurde.«

Phoebe starrte ihre Schwester an und versuchte, irgendeine Logik in der Geschichte zu finden. »Aber als die Lichter angingen, muss der Typ doch direkt vor dir gestanden haben.«

»Nein, als das Licht anging, war niemand da. Ich glaube, er hat sich sehr schnell verzogen.«

»Glaubst du, er war zu schüchtern, um zu bleiben?«, fragte Piper

»Ganz bestimmt nicht«, versicherte ihr Prue. »Er war ganz bestimmt nicht schüchtern.«

»Warum hat er dich dann stehen lassen?«, fragte Phoebe, die immer verwirrter war.

Ein schwärmerischer Ausdruck huschte über Pipers Gesicht. »Ich weiß es nicht. Ich habe versucht, ihn zu finden. Ich wollte wissen, wer er ist. Heute Morgen habe ich geträumt, dass er mich wieder im Claiborne-Anwesen küsst. Ich konnte sein Gesicht nicht sehen, aber sein Kuss war unglaublich. Der Traum war so real. Es war, als wäre ich in eine fremde Welt getreten ...«

»Kein Wunder, dass du verschlafen hast«, bemerkte Piper. »Klingt wie ein Traum, aus dem man ungern aufwacht.«

Prue seufzte resigniert. »Aber ich bin aufgewacht ... also kann ich auch das Beste daraus machen.« Sie starrte einen Moment lang unentschlossen aus dem Fenster, dann wandte sie sich ihren Schwestern zu. »Ich weiß was. Wir haben doch letzte Nacht nicht viel voneinander gehabt. Es ist ein wunderschöner Tag. Warum machen wir nicht einfach einen Spaziergang im Golden-Gate-Park?«

»Klingt gut«, sagte Phoebe. Sie liebte Spaziergänge. Trotzdem lag ihr etwas von letzter Nacht noch auf der Seele. »Du hättest allerdings erheblich mehr von uns gehabt, wenn du nicht so sehr damit beschäftigt gewesen wärst, jeden Mann im *quake* zu küssen«, setzte sie hinzu.

»Ich hab nicht jeden Mann geküsst«, sagte Prue kichernd, »nur die niedlichen.«

Phoebe sah den überraschten Gesichtsausdruck auf Pipers Gesicht, und sie war sicher, dass ihre Schwester sich das Gleiche fragte: Ist das noch unsere Prue?

Am frühen Nachmittag sah Piper aus dem Küchenfenster in den blauen Himmel. Es war ein warmer, angenehmer Januar-

Tag, ein perfekter Beginn für das neue Jahr. Sie war froh, dass Prue den Spaziergang im Park vorgeschlagen hatte. Sie hörte, wie Prue und Phoebe sich hinter ihrem Rücken unterhielten, während sie ein paar Brote für unterwegs schmierten. Aber das Gespräch interessierte sie nicht besonders. Sie rührte gedankenverloren in der Limonade und dachte an Jake.

Sie hatte gerne mit ihm getanzt, mit ihm geredet und ihn einfach nur angesehen. Wenn Billy sie bloß nicht davon abgehalten hätte, ihn zu küssen, dann wäre die Nacht perfekt gewesen.

Trotzdem hatte Jake sie zur Premiere eines Films eingeladen, der in San Francisco gedreht worden war. Es hatte sich herausgestellt, dass er einen wirklich coolen Job hatte. Er war Bühnenbauer und hatte an dem Film mitgearbeitet.

Sie dachte an das lilafarbene Seidenkleid, welches sie extra für die Premiere aus einem Katalog bestellt hatte. Es sah aus wie die Fummel, die Hollywoodstars zu Premieren trugen. Würde das auch in San Francisco angemessen sein? Das muss es wohl, dachte Piper.

Das schrille Klingeln des Telefons riss sie aus ihren Gedanken. Sie schnappte sich den Hörer. »Hallo?«

»Frohes neues Jahr, Piper«, sagte Robert, »wie geht es Ihnen?«

»Sehr gut.« Sie lächelte, lehnte sich gegen die Anrichte, hob die Augenbrauen, deutete auf den Hörer und formte mit ihrem Mund das Wort »Robert« in Prues Richtung.

»Ist Prue da?«, fragte Robert.

Prue schüttelte heftig den Kopf und winkte mit beiden Händen ab. Piper verstand diese Reaktion nicht, aber aus schwesterlicher Loyalität log sie: »Tut mir Leid, Robert, sie ist nicht hier.«

»Würden Sie ihr ausrichten, dass ich angerufen habe?«

»Klar, mache ich«, sagte Piper. »Frohes neues Jahr.« Sie hängte ein und starrte Prue an.

»Was ist dein Problem, Prue?«, fragte Phoebe. »Ich habe

mich letzte Nacht für mindestens eine Stunde mit ihm unterhalten. Er ist nett und rücksichtsvoll, klug und humorvoll.«

»Ich stehe halt nicht auf ihn«, sagte Prue achselzuckend. »Vielleicht sollte ich eine Dusche nehmen, bevor wir in den Park gehen.«

Piper und Phoebe tauschten einen verblüfften Blick aus.

Da klingelte das Telefon erneut. Piper schnappte sich wieder den Hörer. »Hallo?«

»Hallo, hier ist Claire von Bucklands. Sie müssen Prue ans Telefon holen. Ist sie da? Geht es ihr gut? Holen Sie sie – schnell!«

Piper hörte den hysterischen Klang in der Stimme der Frau. »Eine Minute, Claire. Ich hole sie.«

Sie gab das Telefon an Prue weiter und trat zurück, während Prue mit den Augen rollte. »Ganz ruhig, Claire, ich bin in Ordnung.«

»Warum schaust du so beunruhigt?«, flüsterte Phoebe ihrer Schwester Piper ins Ohr.

»Es ist Prues Boss«, flüsterte Piper zurück, »und ich glaube, sie hat so was wie einen Nervenzusammenbruch.«

»Ich werde gleich da sein, Claire. Keine Sorge«, hörte Piper Prue sagen.

Piper sah, wie Prue den Hörer auflegte. »Worum geht es denn?«, fragte sie. »Claire klang ja total verwirrt.«

»Ein wichtiger Klient wird erwartet, und ich soll das Meeting leiten«, sagte Prue. »Claire wollte nur sichergehen, dass ich auch wirklich morgen zur Arbeit komme.«

»Warum solltest du nicht?«, fragte Piper.

»Einige Leute von Clabornes Party sind plötzlich krank geworden«, erzählte Prue. »Und was immer sie auch haben, es hat sie schnell und schwer erwischt. Sie sind allesamt im Krankenhaus.«

Prue beobachtete, wie Piper Phoebe ein Frisbee zuwarf. Sie erlebten einen wunderschönen, ruhigen Ausflug. Gute Sandwiches, perfektes Wetter und jede Menge Zeit, über fast vergessene Dinge zu reden – wie den Geschichtslehrer, der Zahlen-Legastheniker war und sie alle davon überzeugen wollte, dass der Bürgerkrieg um 1680 stattgefunden hatte; das Rockkonzert, wegen dem Phoebe die Schule geschwänzt hatte, um ein Autogramm zu bekommen, und das dann abgesagt worden war; Pipers Teddybär, dem es gelungen war, ein kostenloses Zeitschriftenabo zu ergattern …

»Und noch jahrelang«, sagte Piper, während sie das Frisbee aufhob, »habe ich Golfmagazine zu Händen Ted Halliwell zugesandt bekommen.«

»Richtig«, bestätigte Phoebe. »Hat ihm nicht sogar jemand eine Schachtel mit Golf-Markern und Schuhen geschickt? Ich war sicher, er würde irgendwann an einem Turnier teilnehmen.«

Prue lachte und genoss die Erinnerungen. Wir müssen mehr Zeit zusammen verbringen, entschied sie. Das soll mein guter Vorsatz fürs neue Jahr sein: mehr Zeit mit meinen Schwestern verbringen.

Das Frisbee kam auf sie zugeflogen, beschrieb dann jedoch einen Bogen nach oben und schwebte über sie hinweg.

Prue sprang in die Höhe, um das Frisbee doch noch zu fangen, aber ihre Finger streiften es nur. Sie landete wieder auf dem Boden und stemmte die Hände in die Hüften. »Wer glaubst du, dass ich bin, Piper? Michael Jordan?«

»Na, dann lauf halt los und hol es«, rief Phoebe ihr zu.

Prue rollte mit den Augen und rannte dem Frisbee hinterher. Sie entdeckte es in der Nähe eines Asphaltweges, auf dem ein paar College-Jungs mit ihren Skateboards trainierten. Sie blieb stehen und sah fasziniert zu. Die Jungs waren wirklich gut. Besonders einer von ihnen, der gerade einen atemberaubenden Sprung vollführte, sich dabei in der Luft drehte und seitenversetzt auf seinem Brett landete, als würden die Gesetze der Schwerkraft für ihn nicht gelten.

Skateboards hatten Prue nie besonders gereizt, aber dieser

Typ hier tat es. Er erwiderte ihren Blick, lächelte breit und absolvierte eine ganze Reihe schwieriger Sprünge, Überschläge und Drehungen.

Ein leichtes Schaudern durchlief sie, als ihr klar wurde, dass er versuchte, ihr zu imponieren. Normalerweise hätte so eine Show sie eher abgestoßen, aber nicht in diesem Fall. Sie sah ihm zu wie hypnotisiert. Sie spürte die Hitze in ihrem Körper aufsteigen, und die Lippen begannen wieder zu kribbeln. Verlangen pulsierte durch ihren Körper.

Der Junge beendete seine Show. Prue klatschte. Er trat mit einem Bein auf sein Board, und es flog in hohem Bogen in seine Hand. Dann schlenderte er zu ihr herüber.

»Na, wie geht's?«, fragte er lässig.

»Sag du's mir«, flüsterte sie mit einer heiseren, kehligen Stimme, während sie ihre Hände auf seine Wange legte. Dann küsste sie ihn leidenschaftlich.

Sie war so darin versunken, dass sie Phoebes empörten Aufschrei kaum wahrnahm: »Prue!«

Relax, Phoebe, dachte sie. Er ist harmlos. Sie zog sich von dem Skateboarder zurück – und keuchte, als sie sein Gesicht erblickte. Ein nebelhaftes Bild baute sich vor ihm auf, genau wie bei den Männern der letzten Nacht!

Prue stöhnte auf, als sie zusehen musste, wie die Haut des jungen Mannes verschrumpelte und sich über seinen Wangenknochen spannte. Seine Wangen fielen ein, und die Umrisse seine Kiefers wurden sichtbar. Seine Lippen zogen sich zurück und legten schwarze Zähne frei. Er stöhnte, als seine aufgedunsene, verfärbte Zunge aus dem Mund rollte.

Prue schloss die Augen und trat einen Schritt zurück. Was ist hier los?, fragte sie sich. Warum sehe ich diese Dinge?

Sie öffnete die Augen und war froh, den Jungen wieder breit grinsend und sehr gesund vorzufinden. Sie lehnte sich vor, um ihn noch einmal zu küssen.

Dieses Mal hörte sie ihre beiden Schwestern rufen: »Prue!«

Was ist ihr Problem?, dachte Prue genervt.

Sie legte den Kopf leicht in den Nacken. Der Nebel war wieder da. Sein bleiches, maskenhaftes Gesicht sah schlimmer aus als zuvor. Seine Lippen waren schwarz und voller Blasen. Der Geruch verwesenden Fleisches stach ihr in die Nase. Die vertrocknete Haut und das Muskelgewebe fielen Stück für Stück von seiner Stirn, seinen Wangen, seiner Nase ab. Knochen traten hervor. Auch sie begannen zu zerbröseln und wurden wie von einem Windhauch in der Wüste hinweggetragen.

Nach Atem ringend strauchelte sie rückwärts. Eine schreckliche Erkenntnis überfiel sie.

Ich habe gerade den Tod geküsst!

5

WARUM STARRST DU mich so an?«, fragte der Skateboarder Prue.

Angewidert schloss sie die Augen und schüttelte den Kopf. »Es, es tut mir Leid«, konnte sie gerade noch hervorpressen.

»Mir nicht«, sagte er, »kann ich deine Telefonnummer haben?«

Sie öffnete die Augen. Mit einem Schaudern stellte sie fest, dass der Junge nun wieder völlig normal aussah. Was ging hier vor sich?

Sie schüttelte den Kopf. »Ich gebe meine Telefonnummer nicht heraus.«

Er runzelte die Stirn und schien ein wenig verwirrt. »Na ja, wenn du deine Meinung änderst, kannst du mich meistens hier finden.« Mit einem Krachen ließ er sein Board auf das Pflaster knallen, sprang auf und rollte davon.

Prue atmete erleichtert auf, als er sich wieder zu seinen Freunden gesellte. Sie lachten und klopften ihm auf den Rücken, als hätte er gerade ein kleines Wunder vollbracht. Er war viel jünger als sie, und sie hatten sich leidenschaftlich geküsst.

Warum nur sehe ich immer dieses furchtbare Bild, wenn ich jemanden küsse?, fragte sich Prue. Wann hat das alles angefangen? Sie konnte sich da nicht sicher sein.

Das *quake*, dämmerte es ihr. Es hat definitiv im *quake* angefangen. Ich dachte, es wäre der Champagner gewesen, aber ich habe doch heute den ganzen Tag noch nichts getrunken.

Sie schüttelte sich, unfähig, das vage Angstgefühl in ihrem Bauch loszuwerden. Sie rieb sich die Stirn und fühlte sich plötzlich sehr müde. Vielleicht habe ich mir eine Grippe oder etwas Ähnliches eingefangen.

Sie bückte sich, hob das Frisbee aus dem Gras auf und ging langsam wieder auf ihre Schwestern zu.

»Was hast du denn gemacht?«, fragte Phoebe. »Wie kannst du nur einen völlig Fremden küssen?«

»Es schien ihn nicht zu stören. Außerdem – wen ich küsse, geht euch gar nichts an. Ich ...«, Prue brach ab, von sich selbst angewidert. Woher kam die plötzliche Härte in ihrem Tonfall?

Prue versuchte sich zu sammeln, aber es fiel ihr schwer. Ich scheine mich nicht mehr konzentrieren zu können. Ich denke immer nur an den Mitternachtskuss, und ich will ihn unbedingt wieder finden.

»Prue, geht es dir gut?« Phoebe klang besorgt.

»Ich kann es nicht erklären. Ich sehe einen süßen Jungen, und auf einmal bekomme ich dieses unheimliche Bedürfnis, ihn zu küssen«, sagte Prue, unfähig, die Vorgänge in ihrem Innern genauer zu beschreiben. Es war mehr als ein Bedürfnis. Langsam wurde es zur Besessenheit.

»Neujahr, das kann ich nachvollziehen«, sagte Phoebe. »Da küsst jeder jeden. Die Leute geben sich dem Moment hin. Aber der Typ auf dem Skateboard ...«

»Hast du denn nie was gemacht, was du hinterher bereut hast?«, fragte Prue, als könne sie ihren Schwestern damit etwas erklären, das sie selbst nicht verstand. Diese erschreckenden Visionen, bei denen sich die Männer vor ihren Augen in entsetzliche Leichen verwandelten …

»Wir haben alle schon Dinge getan, die wir bereuen«, sagte Piper.

Phoebe lachte. »Zum Beispiel bin ich mal mit einem Typen ausgegangen, der auch im Hochsommer darauf bestand, Leder zu tragen.«

»Genau.« Piper lachte jetzt auch. »P. U.«

Frustriert vom Gelächter ihrer Schwestern, spürte Prue, wie sich ihr Körper anspannte. Gelächter war das Letzte, was sie brauchen konnte oder hören wollte. Sie wollte wieder einen Kuss. Es war alles, woran sie denken konnte. Die Intensität ihres Verlangens erschrak sie.

Sie sah ihren beiden Schwestern fest in die Augen. »Das wird sich jetzt vielleicht ziemlich seltsam anhören«, sagte sie, »aber ich glaube, ich bin … vom Küssen abhängig.«

»Prue, man ist abhängig von Drogen oder Alkohol«, stellte Piper fest, »aber nicht vom Küssen.«

»Denkst du denn, das weiß ich nicht?«, fragte Prue, und in ihrem Kopf drehte sich alles. Egal, worauf sie sich auch zu konzentrieren versuchte, ihre Gedanken kehrten immer wieder zu dem einen Thema zurück: küsse jemanden. Finde jemanden, den du küssen kannst.

»Prue, du hast nicht gerade ausgesehen, als hätte es dir Spaß gemacht, den Skateboarder zu küssen«, sagte Phoebe.

»Darum geht es nicht«, sagte Prue. Sie berührte Phoebes Arm. »Erst wenn ich aufhöre zu küssen, bereue ich es. Dann wünschte ich, ich hätte es nicht getan.«

»Warum machst du es dann, wenn du weißt, dass du es bereuen wirst?«, fragte Phoebe.

»Ich weiß es nicht! Ich weiß nur, dass ich es tun muss!«, rief Prue verzweifelt. »Und ich will wen auch immer und wann auch immer küssen!«

Von ihren eigenen Worten schockiert, stolperte Prue zurück. Ihre Schwestern sahen sie an, als hätte sie den Verstand verloren.

»Prue, was fehlt dir denn?«, fragte Piper schließlich.

»Gar nichts fehlt mir«, schrie Prue aufgebracht. »Ihr versteht mich einfach nicht.« Sie warf das Frisbee zu Boden, drehte sich um und ging davon. Sie hatte genug von ihren Schwestern und den ständigen Versuchen, ihr Verhalten zu erklären. Es ging sie sowieso nichts an.

Aber natürlich geht es sie etwas an. Ich möchte, dass sie mich verstehen, dass sie versuchen herauszufinden, was mit mir los ist. Ich muss ihnen von meinen Visionen erzählen. Und ich werde ihnen von meinen Visionen erzählen – später.

Zuerst aber brauche ich noch einen Kuss.

Zwei Tage später klingelte das Telefon. Nachdem Piper den Hörer wieder aufgelegt hatte, zitterten ihre Hände. Sie starrte aus dem Fenster und hörte nur halb dem Gespräch zu, dass Prue und Phoebe gerade am Frühstückstisch führten.

Oh, diese armen Leute, dachte sie. Bitte lass sie wieder gesund werden. Bitte, bitte, lass sie wieder gesund werden.

»Hey, Piper, was ist denn los?«, fragte Prue. »Wer war am Telefon? Du siehst ja aus, als wäre jemand gestorben.«

Unglaubliche Schuldgefühle befielen Piper, als sie sich ihren Schwestern zuwandte. Ist es meine Schuld?, fragte sie sich.

»Das war der Besitzer des *quake*«, erklärte sie. »Mehrere Menschen, die auf unserer Silvesterfeier waren, sind im Krankenhaus. Es geht ihnen wirklich schlecht. Das Gesundheitsamt überprüft das Lokal.«

»Warum das Gesundheitsamt?«, fragte Phoebe sichtlich erstaunt.

Besorgt stierte Piper zu Boden und versuchte, das ganze Ausmaß dessen zu verarbeiten, was ihr der Besitzer gerade gesagt hatte. Ich werde vielleicht gefeuert, kam es ihr in den Sinn. Vielleicht verdiene ich es sogar, gefeuert zu werden.

»Es ist ihr Job«, erklärte sie mit tonloser Stimme. »Obwohl die Leute im Hospital keines der typische Symptome einer Lebensmittelvergiftung zeigen. Sie haben keine Magenkrämpfe oder Ficbcr.«

Sie schüttelte heftig den Kopf. »Ich verstehe nicht, wie das passieren konnte. Es kann keine Lebensmittelvergiftung sein. Wir verarbeiten nur frische Zutaten, und ich sorge immer dafür, dass sich die Angestellten die Hände waschen, bevor sie mit Essen umgehen.«

Phoebe ging zu Piper und umarmte sie. »Es ist nicht deine Schuld«, tröstete sie ihre Schwester. »Manchmal wird Essen schon verdorben angeliefert.«

Doch Piper fühlte sich noch immer mies. Sie war schließlich die Managerin. Und das war nicht das Schlimmste. Denn nicht alle der Kranken waren Fremde. »Billy geht es auch schlecht.«

»Deinem zweiten Chefkoch?«, fragte Prue.

Piper nickte, und in ihrem Brustkorb schmerzte es. Billy probierte grundsätzlich von dem Essen, das er zubereitete. Vielleicht hatte er etwas verdorbenes Fleisch oder einen angefaulten Fisch erwischt. »Er ist auch im Krankenhaus.«

Prue stand vom Tisch auf, durchquerte die Küche und legte ihren Arm um Pipers Schultern. »Mach dir keine Sorgen. Du kannst jetzt nichts tun. Die Menschen im Hospital – die werden schon wieder gesund.«

»Und außerdem ist heute Nacht deine große Nacht«, lächelte Phoebe sanft. »Dein erstes Date mit Jake.«

»Und er nimmt dich mit zu einer Premiere! Du hast wohl nicht genug Platz, um mich in deine Handtasche reinzuschmuggeln? Ich habe gehört, der Film sei toll«, neckte Prue ihre niedergeschlagene Schwester.

Piper zwang sich zu einem Lachen, auch wenn ihr eher nach Weinen zumute war. Sie konnte nicht aufhören, an all die kranken Menschen zu denken. »Ich glaube, du hast mal gesagt, Schrumpfsprüche stehen nicht im *Buch der Schatten*.«

Prue rieb Piper die Wange. »Habe ich auch, aber es hat dich wieder ein bisschen aufgemuntert.«

Es klingelte an der Haustür. »Ich gehe schon«, sagte Piper. »Vielleicht ist es mein Kleid für heute Abend.«

Sie öffnete die Haustür, und ein hagerer Mann mit öligen Haaren und einer dicken Brille stand vor ihr. Er trug eine graue Uniform und lächelte sie schräg an. Irgendwie erinnerte er Piper an einen Hundewelpen, der nach Aufmerksamkeit verlangt.

»Ich habe hier ein Paket für Piper Halliwell«, verkündete er mit tiefer Stimme, die er wohl nur benutzte, um ein wenig maskuliner zu wirken.

»Das bin ich«, sagte sie und nahm das Paket entgegen, wobei sie einen Blick auf den Absender warf. Es war das Kleid! Sie wollte spektakulär aussehen, wenn sie mit Jake ausging. Unwiderstehlich würde aber auch reichen.

»Sie müssen hier unterschreiben«, sagte der Lieferant und hielt ihr ein Clipboard entgegen.

Piper legte das Paket zur Seite und nahm das Clipboard samt Kugelschreiber entgegen. Sie begann, ihren Namen zu schreiben.

»Hallöchen, Traummann.«

Beim Klang von Prues Stimme sah Piper überrascht auf. Traummann?, dachte sie. Von wem um Gottes willen redet sie?

Fassunglos musste sie mit ansehen, wie Prue sich nun den Boten packte und ihn heftig abknutschte. Hat Prue jetzt völlig den Verstand verloren?, fragte sie sich, unfähig zu glauben, was sie da sah.

Piper starrte ihre Schwester an, die den Mann beim Küssen sogar festhielt, obwohl er mit den Armen ruderte. Schließlich löste er sich von ihr und sah ziemlich erschüttert drein. Rasch ergriff er sein Clipboard und lief zu seinem Lieferwagen.

Piper sah Prue an, die mit geschlossenen Augen gegen die Tür sackte, die Augenbrauen zusammengezogen.

»Bist du jetzt völlig irre?«, fragte Piper. »Du kannst mir

doch nicht ernsthaft weismachen wollen, der Typ sei gut aussehend gewesen.«

Prue öffnete die Augen und sah die Verwirrung im Blick ihrer Schwester. »Nein, das war er wirklich nicht.«

»Warum in Gottes Namen hast du ihn dann geküsst?«, rief Piper außer sich.

Prue zuckte mit den Schultern, ihre Stimme von Zweifeln erfüllt. »Ich … ich weiß es nicht.« Plötzlich richtete sie sich wieder auf, schüttelte ihren Kopf und lächelte. »Ich *brauchte* wohl gerade einen Kuss, und er war zur richtigen Zeit am richtigen Ort.« Sie winkte Piper zu. »Bis dann. Ich muss zur Arbeit.«

Piper sah ihrer Schwester nach, wie sie davonschlenderte, in den Wagen stieg und davonfuhr. Was zum Teufel ging hier vor sich? Es war, als gäbe es nunmehr zwei verschiedene Prues.

»Sag mir, dass sie nicht diesen widerlich aussehenden Lieferanten geküsst hat«, hörte sie Phoebe neben sich sagen.

»Ich wünschte, ich könnte das sagen«, gab Piper zurück, noch immer wie vor den Kopf geschlagen. »Es war so seltsam. Du hättest ihr Gesicht sehen sollen, nachdem sie ihn geküsst hatte. Es schien, als hätte sie ihn gar nicht küssen wollen, sondern sich dazu zwingen müssen.« Sie gingen in die Küche zurück.

»Da ist definitiv etwas faul«, stellt Phoebe fest. »Das ist nicht die Prue, die wir kennen und lieben.«

»Was du nicht sagst. Ich mache mir inzwischen wirklich Sorgen um sie«, setzte Piper hinzu. »Mir scheint, als würde ich mit einer Fremden reden.«

Piper sah auf ihre Uhr und zuckte zusammen. »Oh Mann, ich muss zum *quake*, um zu hören, was das Gesundheitsamt zu sagen hat. Die werden sicher eine Million Fragen haben.« Sie drückte Phoebes Hand. »Lass uns versuchen herauszufinden, was mit Prue los ist, okay?«

»Vielleicht hat sie die Midlife-Crisis«, meinte Phoebe trocken.

»Mit 27? Wohl kaum.« Piper ging zu ihrem Wagen, und eine vage Besorgnis überkam sie, als sie daran dachte, welches Gefühl Prues Gesicht vor und nach dem Kuss ausgedrückt hatte. Ekel, dachte sie, purer Ekel. Prue wollte den Typ nicht küssen. Sie hat es definitiv nicht genossen. Aber warum tat sie es dann?

Egal, wie sie die Sache sah, Piper konnte das Gefühl nicht loswerden, dass etwas ganz und gar nicht in Ordnung war mit ihrer Schwester.

Phoebe wanderte durch das leere Haus und konnte den Gedanken an Prues seltsames Verhalten nicht abschütteln.

Die Sache an Silvester konnte man ja noch auf die alkoholgeschwängerte Stimmung auf der Party schieben. Aber der Bengel mit dem Skateboard? Und der depperte Lieferant?

Sie räumte den Küchentisch ab, stellte das schmutzige Geschirr in die Spülmaschine und begann, die Anrichte abzuwischen. Fahrig schob sie eine Telefonnotiz beiseite und wollte sie gerade weglegen, als ihr ein Wort ins Auge stach: »Robert«.

Sie sah sich die Notiz etwas genauer an, darauf stand: »Prue, Robert hat angerufen. Er hat Karten für das Stück am Freitag. Will wissen, ob du mit ihm hingehst. Mein Rat, ob du ihn willst oder nicht, ist ein deutliches JA! Er ruft noch mal an. Piper.«

Phoebe ließ ihre Finger über die Worte wandern. Robert. Prue hatte ihn mit ins *quake* gebracht und dann stehen lassen, um jeden anderen Mann zu küssen.

Robert hat gesagt, er hätte alles getan, um Prues Aufmerksamkeit zu erlangen, erinnerte sie sich. Alles, was er konnte.

Was meinte er damit?, fragte sie sich. In einer normalen Welt bedeutete das Blumen, Gedichte, leise Musik und Kerzen. Aber in ihrer Welt ... musste sie an Zaubersprüche, Beschwörungen, Tränke und, na ja, manchmal auch Kerzen denken.

Warum hatte Robert Prues Champagner wieder mitgenommen? Hatte er ihr irgendetwas in den Drink geschüttet? Vielleicht einen Liebestrank, dessen Wirkung nach hinten losgegangen war?

Phoebes Herz pochte heftig, als sie sich die Frage stellte, ob Robert vielleicht ebenfalls aus ihrer Welt war. Sie versuchte sich zu beruhigen, dass sie sich wahrscheinlich gerade etwas einredete, dass Robert ein ganz normaler Mann war. Aber sie hatte immer wieder den Moment vor Augen, als er Prues Champagner wieder in die Flasche zurückgoss, und das ungute Gefühl darüber ließ sie nicht mehr los.

Sie eilte durch die Küche und die Treppe hinauf zum Dachboden. Dort angekommen ging sie direkt auf das kleine Podium zu. Hier, in der Mitte des Raumes, bewahrten die Halliwell-Schwestern das *Buch der Schatten* auf.

Sie legte ihre Hände auf den schweren, in Leder gebundenen Folianten und schloss die Augen. Sie hoffte auf eine Vision, auf ein Zeichen, wo in dem Buch eine Antwort zu finden sei. Aber nichts geschah.

»Na gut«, murmelte sie, öffnete das Buch und begann zu blättern. Robert kann nicht von jener Welt sein, dachte sie. Ich will nicht, dass er es ist.

»Etwas ist am Silvesterabend mit Prue passiert«, murmelte Phoebe. »Etwas, das die Tatsache erklären kann, dass sie fortan zwanghaft jeden Mann küssen will. Aber was?«

Das Problem mit Magie war, dass sie sehr komplex war. Es gab unzählige Sprüche und Talismane, die andere Hexen und Hexer nutzen konnten. Und dann gab es die hohe Fehlerquote. Ein falsches Wort, eine falsche Ingredienz, und ein Zauberspruch für das Gute konnte sich in das genaue Gegenteil verkehren.

Phoebe hörte abrupt mit dem Blättern auf, als ihr die Worte »süße Küsse« ins Auge stachen. Prue hatte gesagt, dass Roberts Kuss süß gewesen war, erinnerte sich Phoebe. Dennoch war er nicht mit der Leidenschaft erfüllt gewesen, die Prues Mitternachtskuss ausgemacht hatte.

Langsam las Phoebe die Beschwörung:

Dem süßen Kuss die Macht verleih'n,
vermag der Trank, der süßer als Wein,
und die Geliebte wird auf ewig dein.
Doch bedenke, wenn du irrst,
und die Liebe du verwirrst,
du sie nie gewinnen wirst.

»Eine Liebesbeschwörung samt Zaubertrank«, flüsterte Phoebe, und ein Frösteln ergriff sie.

Robert hatte gesagt, er hätte alles getan, um Prues Aufmerksamkeit zu erlangen, doch es hätte sich nicht nach Plan entwickelt. Und dann hatte er Prues Champagner wieder mitgenommen.

Wolltest du ihn selbst trinken, Robert, damit er nicht verschwendet war? Oder wolltest du ihn nur in Sicherheit bringen, damit kein anderer von ihm trinken konnte?

Die Vorstellung machte Phoebe unruhig. Sie schloss das *Buch der Schatten* und legte ihren Kopf darauf. Ein Gefühl der Angst befiel sie. Vielleicht war Robert ja doch nicht der tolle Typ, für den sie ihn hielt. Wenn er diesen Spruch verwendet hatte, dann kannte er sich mit Magie aus, schlussfolgerte sie.

Und noch etwas Schlimmeres kam ihr plötzlich in den Sinn. Wenn er Magie gegen Prue verwendete, dann war er womöglich ein Hexer!

6

*O*bwohl sie ihr dunkel-lilafarbenes Kleid trug und Jakes Hand hielt, fiel es Piper schwer, damit umzugehen, wo sie sich gerade befand.

Sie waren im Krankenhaus. An dem Ort, an dem Billy gerade um sein Leben kämpfte.

Sie hatte Billy schon früher besuchen wollen, aber das Gesundheitsamt hatte sie den ganzen Tag auf Trab gehalten. Als Jake sie für ihre Verabredung abholte, hatte sie ihn gefragt, ob er zu einem Stopp im Hospital bereit wäre.

Sie warf Jake, der in einem schwarzen Smoking neben ihr herging, einen Blick zu. Er raubte ihr fast den Atem. Nicht nur war er einer der bestaussehenden, sondern auch noch einer der nettesten Männer, die sie je kennen gelernt hatte. Sie drückte seine Hand. »Danke, dass du dich zu diesem Umweg bereit erklärt hast.«

»Kein Problem«, sagte Jake lächelnd.

Aber sein Lächeln war ein wenig gequält, und etwas in seiner Stimme klang unehrlich.

»Irgendwie habe ich das Gefühl, dass es doch ein Problem für dich ist«, sagte Piper vorsichtig.

»Ich versuche nur, deine Beziehung zu Billy zu verstehen. Schon an Silvester habe ich gemerkt, dass er dir wichtig ist. Ich frage mich daher, wie wichtig«, gab Jake zu.

Piper spürte die Wärme in ihr Gesicht aufsteigen. Es war ihr etwas peinlich, dass sie ein wenig von der Spannung aus der Verabredung genommen hatte. »Bist du etwa eifersüchtig?«, fragte sie.

Er zuckte mit den Achseln. »Ich schätze ja. Und deswegen fühle ich mich wie ein Mistkerl, weil der Typ doch jetzt so schwer krank ist.«

»Billy und ich sind bloß Freunde«, erklärte Piper kategorisch.

Er sah betreten zu Boden. »Jetzt fühle ich mich wirklich wie ein Mistkerl.«

»Ich finde, du bist süß«, sagte sie. Sein Blick traf ihren, und sie fuhr fort: »Du musst mich ja ziemlich mögen, wenn du eifersüchtig bist.«

Er hielt ihrem Blick stand. »Ich mag dich sogar sehr, Piper.«

»Wir bleiben nicht lange«, versprach sie ihm, denn sie waren nun an Billys Zimmertür angekommen.

Mit Jake an der Hand schlich sie hinein. Ein Trennvorhang war um Billys Bett aufgezogen. Sie zog ihn beiseite, und der Anblick ihres zweiten Küchenchefs zerriss ihr fast das Herz. Billy sah aus, als habe er die Hälfte seines Körpergewichts verloren. Ringe lagen um seine Augen, und seine Haut hatte eine graue Färbung.

Er öffnete die Augen und lächelte sie schwach an. »Du solltest besser nicht meine Hand halten, Piper. Sie wissen noch nicht, was mit mir los ist. Vielleicht ist es ansteckend.«

»Wenn sie das glauben würden, hätten sie mich nicht zu dir gelassen.« Sie wischte sich den Schweiß von den Augenbrauen. »Hast du Schmerzen?«

Er schüttelte den Kopf. »Ich bin bloß müde. Danke für die Blumen. Ich wünschte, ich könnte etwas riechen.«

Sie warf einen kurzen Blick auf das Rosenbukett, das auf dem Tisch neben dem Bett stand. »Ist wohl ziemlich dumm, einem Mann Rosen mitzubringen. Morgen bringe ich dir was zu essen.«

»Du siehst hübsch aus«, sagte Billy leise.

Sie deutete auf Jake, der hinter ihr stand. »Jake hat uns Karten für die Premiere von ›Verlangen einer Sommernacht‹ besorgt. Der wurde in der Innenstadt gedreht.«

»Ich erinnere mich«, sagte Billy mit einem Seufzer.

Er schien zusehends schwächer zu werden, und seine Augen sanken noch tiefer in ihre Höhlen zurück.

»Piper, es tut mir Leid, aber wir müssen jetzt wirklich gehen«, sagte Jake leise hinter ihr.

Sie nickte. »Ich weiß.« Sie drückte Billys Hand. »Wir sehen uns morgen.«

Er nickte kaum merklich, schloss die Augen und schlief ein.

»Ich fühle mich so schuldig«, sagte Piper zu Jake, als sie das Krankenzimmer verließen.

»Du hast ihm und auch sonst niemandem etwas getan, was diese Krankheit erklären könnte.« Er legte seinen Arm um ihre Schulter. »Piper, ich war auch im *quake*. Ich habe das Essen gegessen und den Champagner getrunken. Sehe ich aus, als müsste man mich auf der Stelle ins Krankenhaus einliefern?«

Sie sah ihn genau an – die sonnengebräunte Haut, die glänzenden Augen, die starke Stimme. »Nein, um genau zu sein, siehst du sogar außergewöhnlich gut aus.« Pipers Herz schmerzte bei dem Gedanken an Billy, aber sie zwang sich zu einem Lächeln. »Ich habe mich schon die ganze Woche auf diesen Abend gefreut.«

Er grinste. »Wirklich?«

»Ja, wirklich. Das ist meine erste Filmpremiere.«

Sie sah ihn an, und ihr gefiel die Form seines Mundes, die Wärme in seinen Augen, die Wölbung seiner Wangenknochen, die Spitze seiner Nase – einfach alles.

Vor dem Hospital wartete eine Limousine auf sie. Piper fühlte die Spannung steigen, als ein Chauffeur ihr die Tür aufhielt, um sie und Jake auf den Rücksitz zu lassen.

»Ich bin diesen Luxus nicht gewöhnt«, gab sie zu, als der Wagen sich vom Krankenhaus entfernte.

»Das glamouröse Leben hat seine Vor- und Nachteile«, sagte Jake mit einem Grinsen.

»Erzähl mir mal von den Nachteilen«, sagte sie neugierig.

»Zuerst einmal fährt mich nicht ständig eine Limousine in der Gegend herum. Das ist nur für die Premiere – ich dachte mir, wenn schon, denn schon. Der Alltag ist nicht annähernd so spektakulär. Den größten Teil meiner Zeit verbringe ich am Zeichenbrett oder am Monitor. Und Überstunden sind die Regel. Ständig erklärt dir ein Regisseur, was für Bauten er haben will, dann entwirfst und baust du sie, nur damit er sagen kann, er habe sich etwas ganz anderes vorgestellt.«

»Aber du magst deine Arbeit doch?«

»Ich liebe sie«, gab er zu. »Sie hilft mir, Dinge mit anderen Augen zu sehen.«

»Was meinst du damit?«

Jake blinzelte und legte eine Hand ringförmig um das rechte Auge, als ob er durch eine Kameralinse schaute. »Ich sehe jeden Ort wie eine Bühne, an dem sich eine bestimmte Szene abspielen könnte«, erklärte er. »Zum Beispiel siehst du doch momentan nur uns beide bei einer Fahrt in der Limousine.«

Piper sah sich um. »Das mag daran liegen, dass wir tatsächlich in einer Limousine fahren.«

Er drehte sich etwas, damit er ihr direkt ins Gesicht sehen konnte. »Manchmal kann eine Bühne so klein sein wie das Innere eines Autos. Sagen wir mal, die Story sieht eine Szene vor, in welcher der Held die Heldin mit einer Limousine zu einer Premiere fährt. Und er fragt sich, ob sie sich wohl von ihm küssen lassen wird, bevor sie am Theater angekommen sein werden.« Er drückte einen Knopf, und leise Musik erfüllte das Wageninnere. »Sollte die Bühne einen Knopf haben, um langsame Musik abspielen zu können?«

Piper lächelte und berührte langsam mit ihrer Hand seinen Arm. Sie fand, dass es nett wäre, diesen Arm wieder um ihre Schultern zu spüren. »Die Bühne braucht definitiv so einen Knopf«, antwortete sie.

Jake legte den Arm um sie und zog sie zu sich heran. Pipers Herz schlug wie wild, als er ihr mit dem Finger über die Wange strich.

»Soll die Bühne viel Licht haben oder eher sanfte Schatten?«, fragte er.

»Sanfte Schatten«, flüsterte sie, während sie sich in seinen braunen Augen verlor.

»Da liegt das Problem. Eine solche Bühne würde den Helden vielleicht herausfordern, die Heldin früher zu küssen als erwünscht.«

»Kein Problem«, murmelte Piper. »Das Interesse beruht auf Gegenseitigkeit.«

»Wirklich?«, fragte er, als er sie noch näher an sich zog.

Ja, schrie es in ihrem Kopf. Küss mich. Küss mich endlich.

In diesem Moment stoppte die Limousine vor dem Theater.

Jake seufzte. »Vielleicht sollte der Held lernen, schneller zu reden.«

Piper lachte angesichts der Enttäuschung in seinem Gesicht, aber es ging ihr genauso. Sie hatte sich auf ein wenig Intimität vorbereitet. Dann eben am Ende des Abends, dachte sie. »Wenigstens ist die Bühne jetzt bereit für die Rückfahrtsszene.«

Er lächelte. »Das hoffe ich doch.«

Er nahm ihre Hand. »Komm mit, und sei nicht nervös. Es werden jede Menge Kameras blitzen, und die Leute werden kreischen, bis sie merken, dass wir nicht die Stars sind.«

Piper atmete tief durch, und ihre Nerven drohten nun doch mit ihr durchzugehen. Sie sah aus dem Fenster. Jake hatte Recht. Der ganze Vorplatz war brechend voll von Fans, die hinter Zäunen und Absperrungen standen. Der Chauffeur öffnete die Tür, und Jake stieg aus. Dann half er Piper hinaus.

Blitzlichter flammten auf, und TV-Kameras wurden in Betrieb genommen. Piper hatte einen Arm um Jake gelegt und fühlte sich wie ein Star, aufregend und wichtig. Während sie auf dem roten Teppich wandelte, wurde ihr klar, dass sie diese Nacht nie mehr vergessen würde.

Die Menge rückte näher, als einige der richtigen Stars eintrafen. Plötzlich war Piper von Reportern umringt. Sie klammerte sich an Jakes Arm und versuchte, ihn nicht zu verlieren, während er sich einen Weg durch die Menge bahnte.

Jake ging einen Schritt schneller, und Piper spürte, wie etwas an ihrem Kleid zupfte. Eine große Frau mit Pfennigabsätzen war unabsichtlich auf den Saum von Pipers langem Rock getreten. Sie konnte ihn nicht losreißen.

Jake zog an ihrem Arm – und sie spürte den Stoff reißen. Sie versuchte, ihn aufzuhalten. »Jake!« Aber durch den Lärm der Menge konnte er sie nicht hören, und ging weiter.

Wieder riss der Stoff ein Stück, und Piper blieb stehen. Plötzlich fühlte sie die kalte Abendluft an ihren Beinen. Sie lugte vorsichtig nach unten und stieß einen Schrei aus.

Ihr Rock war weg!

Entsetzt warf Piper ihre Arme hoch und hielt die Zeit an. Auf dem Vorplatz des Theaters wurde es still. Die Kameras hörten auf zu blitzen, die Menschen standen mit offenen Mündern und Augen da, Hände hingen regungslos in der Luft.

Piper stierte auf den Haufen lilafarbener Seide, der das einzige Überbleibsel von ihrem Rock war. Sie bückte sich, zerrte das Stück unter dem Absatz der Frau hervor und sah Jake an. Seine Augen waren wegen des Blitzlichts einer Reporter-Kamera geschlossen.

Ich muss hier weg, bevor die Zeit weiterläuft, dämmerte es ihr.

Enttäuscht legte sie eine Hand auf Jakes Wange. »Es tut mir so Leid, Jake«, flüsterte sie. »Ich werde für die Rückfahrtsszene nicht zur Verfügung stehen.«

Sie wickelte sich den Stoff um die Hüfte und knotete ihn fest. Dann, mit hämmerndem Herzen und hurtigen Beinen, sprintete sie davon, direkt an der Menge der wartenden Fans vorbei.

Einige Sekunden später konnte sie wieder den Lärm der Menge hören. Die Zeit lief wieder weiter. Piper warf einen Blick zurück. Sie erhaschte einen Blick auf Jake, der sich verwirrt im Kreis drehte und offensichtlich nach ihr suchte. »Piper!«, rief er.

Sie wollte ihm antworten, zu ihm gehen, aber sie konnte nicht. Nicht so, nicht mit einem Kleid in Fetzen.

Prue wirbelte in ihrem Drehstuhl bei Bucklands herum, um aus dem Fenster ihres Büros zu sehen. Die Dämmerung senkte sich über die Stadt, was wohl bedeutete, dass Piper und Jake jetzt bei der Filmpremiere waren.

Der Glamour von Hollywood in San Francisco, dachte sie. Das war zwar nicht ganz Pipers Art, aber Prue wusste, dass ihre Schwester einen Weg finden würde, damit klarzukommen. Sie hoffte aufrichtig, dass sie Spaß haben würde. Piper brauchte wirklich etwas Erholung nach dem Skandal mit dem Gesundheitsamt.

Prue rieb sich die Augen und wandte sich wieder den dicken Nachschlagewerken auf ihrem Tisch zu. Sie konnte sich nicht erinnern, nach einem Tag im Auktionshaus jemals so ausgelaugt gewesen zu sein.

Normalerweise gab die Arbeit ihr Energie – besonders, wenn sie Nachforschungen anstellte, so wie jetzt. Sie liebte es, die Geschichte eines Kunstwerks zu ermitteln, sich vorzustellen, durch welche Hände es gegangen war, und die Orte in Erfahrung zu bringen, an denen es sich befunden hatte.

Sie fand die Beschreibung einer Vase von der Art, die sie gerade katalogisieren wollte, und starrte auf die Buchstaben, bis sie verschwammen und der Raum sich in Schatten aufzulösen begann.

Sie dachte daran, heimzugehen, aber sie fuhr nicht gerne mit dem Wagen, wenn sie so müde war.

Ich mache eine Minute lang die Augen zu, sagte sie zu sich selbst. Ein kleines Nickerchen, dann geht es schon wieder.

Sie spürte, wie sie in das Niemandsland zwischen Schlaf und Wachsein rutschte, wo die Träume in Verkleidung der Wirklichkeit kamen.

Und dann fühlte sie *seine* Nähe. Es war der Mann, der sie geküsst hatte, das Mitternachtsphantom.

Er ist hier. In diesem Raum, irgendwo um mich herum. Und es ist echt. Ich kann mein Herz schlagen, mein Blut rasen fühlen.

Er trat näher, seine Umrisse wurden klar, aber sein Gesicht war immer noch in Schatten gehüllt.

Sie kämpfte gegen das Gefühl der Enttäuschung an. Sie wollte sein Gesicht sehen. Und dann wurde ihr klar, dass es nicht wirklich wichtig war. Wir haben eine Verbindung, erkannte sie, ein Band, das niemand durchtrennen kann.

»Du gibst mir Leben«, hörte sie ihn flüstern, bevor sein Mund den ihren bedeckte.

Sie hatte das Gefühl, dass er wie ein Magnet war, der sie auf eine Art anzog, die sich nicht beschreiben konnte. Sie wollte ihm nicht widerstehen. Sie spürte einen Energiestrom zwischen ihren Körpern hin- und hertanzen, gebend und nehmend, gebend und nehmend.

Ihr Herz schlug, ihre Schläfen pochten. Ihr Körper brannte vor Verlangen. Sie wollte den Kuss bis in alle Ewigkeit spüren.

Er zog sich zurück. Prue keuchte atemlos und wollte wieder seine Lippen schmecken.

Innerhalb des Traums öffnete sie die Augen. Sie sah seine Hände sich auseinander spreizen, als er ihr eine Halskette mit einem Smaragd-Anhänger entgegenhielt. Sie blinzelte. Es war jenes Collier, das Robert ihr bei Clairbornes gezeigt hatte und das er ersteigern wollte. Wie hatte der Fremde es in die Hände bekommen? Warum besaß er es?

Er legte es um ihren Nacken, und der Smaragd lag genau an ihrem Halsansatz.

»Dies ist mein Geschenk an dich«, sagte er. »Trage es im Leben, und dann im Tod.«

Schwer atmend schreckte sie aus dem Tagtraum auf. Sie legte ihre Hand auf den Hals. Kein Collier. Aber sie fühlte eine seltsame, pulsierende Wärme, als hätte das Juwel gerade noch dort ihre Haut berührt.

»Prue, geht es dir gut?«

Von der vertrauten, aber unerwarteten Stimme erschreckt, gab Prue einen leisen Aufschrei von sich.

Robert schaltete die Lampe an ihrem Schreibtisch an, und sein fester Blick musterte sie eindringlich. »Geht es dir gut?«, wiederholte er.

Stirnrunzelnd nickte Prue. »Ja, ich bin nur … eine Minute eingedöst. Keine Ahnung, warum ich das Licht nicht angemacht habe.«

»Du arbeitest zu hart«, sagte Robert leise und stellte eine Flasche auf den Tisch.

»Was ist das?«, fragte sie.

»Der Champagner von der Silvesterparty. Er ist vermutlich mittlerweile schal geworden. Aber ich habe ihn extra für dich gekauft. Ich dachte, du möchtest vielleicht wenigstens die Flasche behalten – als Souvenir.«

Alter, abgestandener Champagner. Konnte ein Geschenk noch unromantischer sein? Besonders, wenn man diese Geste mit den Küssen des Mitternachtsphantoms verglich. Sie wollte in den Traum zurückkehren. Die Anwesenheit Roberts ging ihr gegen den Strich, denn sie verdarb ihr den Genuss des süßen Nachgeschmacks.

»Ich will sie nicht«, sagte sie und konnte sofort die Enttäuschung in seinen Augen sehen.

Warum habe ich das gesagt?, dachte sie, von Gewissensbissen geplagt. Er hat mir doch nur ein Geschenk angeboten. Ich hätte es annehmen und später immer noch wegwerfen können. Ich musste ihn nicht verletzen.

Plötzlich wurde ihr klar, dass sie ihm wehtun wollte. Sie wollte ihn aus ihrem Büro und aus ihrem Leben haben. Robert Galliard hatte in ihren Augen keinen Wert mehr.

»Was machst du überhaupt hier?«, fragte sie ihn ungeduldig.

»Ich hatte einige Punkte mit Claire zu besprechen und dachte, ich sehe mal in deinem Büro vorbei. Du hast auf keinen meiner Anrufe reagiert«, erwiderte er fast schon ein bisschen vorwurfsvoll.

Sie sortierte hastig einige Papiere auf ihrem Schreibtisch. »Ich hatte zu tun. Wie du schon bemerkt hast, ich arbeite zu viel.«

»Ich habe dir eine Nachricht hinterlassen, wegen des Theaterstücks am Freitagabend …«

»Da habe ich schon andere Pläne«, sagte sie schnell.

»Ich verstehe. Dein beruflicher wie dein privater Terminkalender sind also völlig ausgebucht.«

Soweit es dich angeht, bestimmt, dachte sie.

Sie presste ihre Hände an die Schläfen. Wo war denn dieser hässliche Gedanke plötzlich hergekommen? Sie fühlte sich nicht mehr zu Robert hingezogen, aber diese miese Tour hatte er nun wirklich nicht verdient.

»Robert«, sie zwang sich zu einem freundlichen Tonfall, »ich möchte wirklich nicht grob klingen, aber das mit uns beiden führt zu nichts.«

»Nicht mal zu einer Freundschaft?«

Eine Welle der Wut erfasste Prue. Ein Teil von ihr wollte das Robert ersparen, aber ein anderer Teil wollte ihn für immer loswerden. Es ergab keinen Sinn. Er ist ein netter Kerl, dachte sie. Warum geht er mir dann jedes Mal mehr auf die Nerven?

Weil er armselig ist, dachte sie. Er weiß, dass du ihn nicht willst, aber er gibt trotzdem nicht auf. Er bettelt. Er ist abstoßend und würdelos.

Prue schauderte und sah Robert an. Ich glaube doch nicht wirklich, dass er armselig ist, oder?

Roberts Blick blieb an ihr haften, und sie wollte wegsehen, aber seine Augen flehten darum, dass sie ihm zuhörte.

»Prue, in ein paar Tagen ist der Papierkram erledigt, und ich werde von Claire die Halskette ausgehändigt bekommen. Dann muss ich nach Paris zurück. Aber ich dachte, wir könnten vorher zu Abend essen, um meine neuste Akquisition zu feiern. Und um den verpatzten Silvesterabend wieder gutzumachen.«

Prue starrte ihn an. Das war ein zu großer Zufall. Erst träume ich von dem Mitternachtsphantom und dem Collier, und dann steht Robert vor mir und redet von genau diesem Schmuckstück.

In den tiefsten Ecken ihres Unterbewusstseins ahnte Prue,

dass hier etwas nicht stimmte. Bist du der Fremde, von dem ich so besessen bin?, fragte sie sich. Bist du der, der mich um Mitternacht an Silvester geküsst hat?

Nein, dachte sie, als ihr wieder die Süße des Mundes auf dem ihren einfiel. Sein Kuss hatte da nicht mithalten können. Und trotzdem wusste sie, dass in dem Fall, wenn Robert sie vor dem Phantom geküsst hätte, ihr nicht einmal aufgefallen wäre, wie mittelmäßig er war.

Prues Gedanken drehten sich im Kreis. Ich muss hier raus, dachte sie panisch. Ich muss die Sache durchdenken und einen neuen Ansatz finden. Sie schob ihren Stuhl zurück und stand auf. »Ich muss zu einer Besprechung.«

Robert blickte ob dieser offensichtlichen Lüge verdrießlich drein. »Um diese Uhrzeit? Ich hatte gehofft, wir könnten essen gehen.«

»Ich dachte, du wolltest essen gehen, wenn du das Collier hast.«

»Dann und jetzt auch. Es gibt so vieles, über das ich mit dir sprechen möchte«, sagte er. Er klang so aufrichtig, dass sie fast ja gesagt hätte.

Aber sie wusste, dass es die falsche Antwort gewesen wäre. Der falsche Weg. Irgendetwas an Robert machte ihr Angst. Sie konnte es nicht erklären. Sie schüttelte den Kopf. »Ich muss mich mit einem Klienten treffen.«

Sie schnappte sich ihre Aktentasche und ging aus dem Büro.

»Prue!«, rief er ihr nach.

Sie ignorierte ihn und legte noch einen Schritt zu. Ich mag nicht, wie er mich verfolgt, dachte sie. Einmal nein sollte doch wohl reichen.

Sie trat aus dem Bucklands-Gebäude, setzte sich in ihren Wagen und fuhr los. Sie wusste nicht, wohin, aber das war egal. Es war ein gutes Gefühl, allein zu sein.

Bilder tauchten in ihrem Kopf auf.

Robert.

Der Mann aus ihren Träumen, gehüllt in Schatten.

Die Halskette, die smaragdfarben zu brennen schien.

Ein Kuss der Leidenschaft, ein Kuss des Lebens.

Sie fühlte einen Schwindel, und eine unerwartete Hitzewelle durchflutete sie. Schnell fuhr sie an den Straßenrand, um nicht noch einen Autounfall zu verursachen.

Sie versuchte, ruhig über Robert nachzudenken, aber die Gedanken wurden von schierer Panik verdrängt.

Er ist gefährlich!, schrie etwas in ihr. Wo kommt das alles her?, fragte sie sich.

Wie zur Antwort erschien ihr die Vision des Mannes aus ihren Träumen. Und dann konnte sie nur noch an den Kick denken, den seine Lippen auf den ihren ausgelöst hatten.

Sie dachte an sein Geschenk – die Halskette, für die Robert nach San Francisco gekommen war. Die Halskette, die bald ihr gehören würde.

Sie war sicher, dass Robert nicht das Phantom war. Aber warum standen er und der Mann in ihren Träumen in Verbindung zu dem Collier mit dem Smaragd?

7

IN DIESER NACHT wälzte sich Prue in ihrem Bett hin und her, und dann plötzlich fühlte sie es erneut: die Gegenwart des Mitternachtsphantoms.

Er war bei ihr, füllte ihre Gedanken aus, erfreute ihren Körper. Es schien, als sei er aus Fleisch und Blut, als stünde er mit ihr an den Grenzen der Wirklichkeit.

Sie waren wieder bei Lloyd Claiborne, und das Collier hing um ihren Hals. Der Smaragd pulsierte warm auf ihrer Haut.

Ohne Zögern bedeckte er ihren Mund mit dem seinen. Die Stärke des Kusses berührte sie bis ins Mark.

Wie konnte ein Mann mit so viel wilder Kraft küssen? Wie konnte eine Frau ihm widerstehen?

Er zog sich zurück, sein Gesicht wie immer in den Schatten verborgen. Sie wollte nach ihm greifen, sein Kinn berühren, seine Wangen. Sie wollte sich vergewissern, dass er wirklich war und nicht nur ein Spiel ihrer Vorstellungskraft.

Er legte seine Hand auf das Collier. Die Hitze wurde intensiver, und ein helles grünes Licht schoss unter seinen Fingern hervor.

Prue schloss die Augen, um sie vor den blendenden Strahlen zu schützen.

Sie fühlte, wie sich seine Hände nach oben bewegten und auf ihren Halsansatz legten. Dann streichelten sie ihre weiche Haut, und Schauer durchliefen ihren Körper.

Plötzlich spannten sich seine Hände und packten ihr Genick. Seine Daumen drückten auf ihre Luftröhre.

Panik erfasste sie, als sein Griff immer fester wurde und ihr die Luft abdrückte. Sie hörte ein raues Klingeln im Ohr, und das Blut pochte wild in ihren Schläfen. Ihre Augen traten hervor, als sie verzweifelt nach Luft schnappte.

Seine Hände wurden kalt wie der Tod, und ihr Körper wurde schwach. Aber sie fiel nicht. Das Mitternachtsphantom hielt sie fest, mit seinen Händen an ihrem Hals. Fester … fester …

Ruckartig erwachte Prue, zu Tode geängstigt und desorientiert. Sie atmete schwer, tastete ihren Hals ab und sah sich um. Das erste Morgenlicht bahnte sich seinen Weg in ihr Schlafzimmer.

Ihr Schlafzimmer. Sie war in ihrem Schlafzimmer. In Sicherheit.

»Es war nur ein Alptraum«, murmelte sie.

Aber tief in ihrem Innern wusste sie, dass es mehr gewesen war. Es war so intensiv gewesen, so real. Der Mann in ihrem Traum hatte versucht, sie umzubringen. Und was nicht weniger beunruhigend war: Ihre Angst hatte ihm anscheinend genau dieselbe Freude bereitet wie ihre Lust.

Sie schüttelte sich. Nie wieder. Das mysteriöse Phantom war böse geworden. Sie würde, nein, sie durfte nicht mehr an ihn denken. Und wenn sie nicht an ihn dachte, würde sie auch nicht von ihm träumen.

»Oh nein!«, rief sie beim Blick auf den Wecker und sprang aus dem Bett. Sie hatte verschlafen. Es blieben ihr noch genau 45 Minuten, um zu Bucklands zu kommen, wo sie eine wichtige Samstags-Auktion vorzubereiten hatte. Claire würde sie umbringen, wenn sie zu spät kam – oder schlimmer noch, rauswerfen.

Sie nahm eine kurze Dusche, für die sie gerne mehr Zeit gehabt hätte. Der heiße Wasserstrahl fühlte sich belebend an und wusch die letzten Spinnweben des Alptraums hinweg.

Während Prue sich anzog, wanderten ihre Gedanken wieder zum Mitternachtsphantom. Okay. So einfach lässt er sich also nicht aus meinem Kopf verbannen. Er scheint ein Teil von mir zu sein, dachte sie. Und wenn ich ehrlich bin, will ich ihn noch immer.

Mit wackeligen Beinen setzte sich Prue auf die Bettkante. Das entsprach gar nicht ihrem Wesen. Prue Halliwell war praktisch veranlagt, vernünftig und rational, was Männer betraf. Sie gehörte nicht zu den Frauen, die einem Kerl hörig wurden. Noch dazu einem, der sie in ihrem Traum hatte ermorden wollen.

Aber sie musste herausfinden, wer der mysteriöse Mann war, denn selbst nach diesem im Grunde ernüchternden Alptraum stellte er den Mittelpunkt ihrer Existenz dar.

Prue dachte an die Silvesterparty bei Claibornes und fragte sich, ob es wohl möglich war, eine Kopie der Gästeliste zu bekommen. Vielleicht würde Lloyd Claiborne heute bei der Auktion anwesend sein, und sie könnte ihm ein paar harmlose Fragen stellen.

Sie fühlte sich augenblicklich ein bisschen besser, nun, da sie einen Plan hatte, und sprühte etwas Parfüm auf ihre Handgelenke. Dann roch sie daran.

Nichts.
Kein Geruch.
Das Parfüm ist wohl alt, dachte sie, und warf es in den Mülleimer.
Sie nahm einen anderen Flakon und legte etwas davon auf. Ein tiefer Atemzug brachte das gleiche Ergebnis. Kein Geruch. Erneut warf sie die Flasche in den Müll. Ich habe für so etwas keine Zeit, dachte sie.
Sie legte einen dritten Duft auf und zog sich schnell an.

Phoebe kam in die Küche und war überrascht, Piper fast schon katatonisch über die Zeitung gebeugt vorzufinden. Sie sieht aus, als wäre jemand gestorben, dachte Phoebe. Plötzlich fiel ihr Billy ein. Bitte lass es nicht ihn sein, betete sie inständig.
»Ist was nicht in Ordnung?«, fragte Phoebe, und ihre Sorgen wuchsen, als sie ihre Schwester genauer ansah.
»Nichts ist in Ordnung«, sagte Piper, stöhnte und warf die Zeitung vor sich auf den Tisch.
Phoebe starrte auf die Titelseite. In Farbe war dort eine Frau zu sehen, die lediglich das Oberteil eines lilafarbenen Kleides trug und deren Rock um die Knöchel schlackerte. Leider hatte der Fotograf während der Aufnahme den größten Teil ihres Kopfes abgeschnitten. »Unbekannte erobert das Rampenlicht«, las sie angewidert die Schlagzeile. »Unglaublich, was manche Leute machen, um in die Zeitung zu kommen.«
Phoebe stöhnte erneut auf, und Phoebes Blick richtete sich wieder von der Zeitung auf den entsetzten Gesichtsausdruck ihrer Schwester.
»Phoebe, das bin ich«, rief Piper.
Piper warf einen weiteren Blick auf die Zeitung. Das Oberteil, der wallende Rock. Du meine Güte, dachte sie, als sie den Rest dessen erkannte, was Piper mal als wunderschönes Abendkleid bestellt hatte.
»Was ist passiert?«, fragte Phoebe.

»Eine Frau ist mir auf den Rocksaum getreten. Sie blieb stehen, Jake aber nicht. Na ja, mein Rock wollte lieber bei der Frau bleiben. In meinem ganzen Leben habe ich mich noch nie so geschämt.«

Phoebe jaulte aus Mitleid auf. »Oh Mann, und was hast du gemacht?«

»Was sollte ich schon tun? Ich habe die Zeit angehalten. Und dann bin ich in meinen 9-Zentimeter-Absätzen losgesprintet.« Piper verbarg ihren Kopf in den Armen. »Wie soll ich Jake je wieder unter die Augen treten?«

»Ich vermute also richtig, dass Jake gar keine Ahnung hat, was passiert ist?«, fragte Phoebe.

»Ich glaube nicht. Es hat von allen Seiten geblitzt, und Jake hatte die Augen geschlossen, als ich die Zeit angehalten habe. Als er sie wieder öffnete, war ich weg. Puff. Wie eine Rauchwolke.«

»Du musst ihn anrufen und die Sache erklären«, sagte Phoebe sachlich.

Piper hob den Kopf. »Ich weiß nicht, ob das geht. Was soll ich ihm denn sagen?«

»Die Wahrheit.« Phoebe hob eine Hand. »Mit Ausnahme der Zeit-Anhalten-Geschichte natürlich. Das dürfte am Anfang eurer Beziehung noch zu hart zu schlucken sein. Mit dem ganzen Rest müsste er aber eigentlich leben können. Wenn nicht, ist er der Mühe auch nicht wert.«

»Danke. Das ist sehr hilfreich.« Piper seufzte missmutig. »Es ist nun aber mal so, dass ich ihn wirklich gern habe. Und jedes Mal, wenn wir zusammen sind, geht etwas schief.«

»Nicht nur bei dir«, murmelte Phoebe.

»Was meinst du damit?«, fragte Piper.

Phoebe zögerte, denn sie wollte nicht total verrückt klingen. Aber sie musste es jemandem erzählen, auch wenn Prue der Verdacht sicher nicht gefallen würde. »Ich glaube, Robert hat Prue mit einem Liebesbann belegt.«

»Wie bitte? Wo hast du diese Idee denn her?«

Phoebe kniff die Augen zusammen. »Er hat mir an Silvester erzählt, er hätte alles versucht, um Prue zu gewinnen, und es wäre nicht so gelaufen, wie er erwartet hatte.«

»Und du denkst, mit ›alles‹ meint er einen Liebesbann?«

»Er hat Prues Champagner wieder in die Flasche zurückgegossen und diese dann mitgenommen, was ich schon ein bisschen seltsam fand«, erklärte Phoebe. »Vielleicht wollte er nicht, dass noch jemand davon trinkt.«

»Das ist in der Tat ein bisschen merkwürdig«, gab Piper zu. »Aber deswegen würde ich Robert nicht gleich zum Hauptverdächtigen machen.«

»Ich weiß. Deshalb habe ich auch mal im *Buch der Schatten* nachgelesen. Es gibt einen Liebesbann, für den man einen Trank braucht. Und vergiss nicht, Prues Kuss-Marathon hat an Silvester begonnen. Ich wollte sie gestern danach fragen, aber sie war zu sehr damit beschäftigt, den Pizza-Lieferanten abzuknutschen.«

»Wenn du Recht hast, finde ich es sogar ganz niedlich, dass Robert so weit geht, einen Liebesbann über sie zu verhängen«, sagte Piper.

»Süß?«, rief Phoebe entsetzt. »Verstehst du denn nicht? Wenn Robert Zugang zu Zaubersprüchen hat, dann ist er Teil unserer Welt«, sagte sie. »Vielleicht ist er sogar ein Hexer.«

Sie sah, wie Pipers Mund aufklappte. »Es könnte aber doch auch andere Erklärungen geben«, sagte Piper. »Schließlich handelt Robert mit Antiquitäten. Vielleicht ist er auf ein altes Buch mit Zauberformeln gestoßen und wollte es bloß mal ausprobieren.«

»Das kann wohl sein«, sagte Phoebe. »Wenn dem so ist, würde ich das Buch gerne mal sehen.«

Phoebe wirbelte herum, als Prue in die Küche gerauscht kam und dabei eine beachtliche Parfümfahne hinter sich herzog. Hat sie in dem Zeug gebadet?, fragte sich Phoebe.

»Ich will nur einen Kaffee. Bin spät dran«, verkündete Prue.

Phoebe hustete und wedelte die Parfümwolke vor ihrem Gesicht weg. »Ist dein Duft heute nicht ein wenig schwer?«

»Ich rieche nichts.«

Ich rieche gar nichts?, wiederholte Phoebe in Gedanken. Sie stand kurz davor zu würgen. Prue stürzte unterdessen ihren Kaffee hinunter.

»Es ist schon komisch«, fuhr Prue fort. »Aus irgendeinem Grund scheinen alle meine Parfüms heute Morgen abgelaufen zu sein. Ich habe drei verschiedene Duftnoten ausprobiert, und keine hat etwas gebracht.« Sie stellte die leere Kaffeetasse in die Spüle und ging aus der Küche. »Bis später.«

Phoebe sah Prue zu, wie sie das Haus verließ, und drehte sich dann zu Piper. »Hast du gerochen, was ich gerochen habe?«

Piper nickte. Tränen stiegen ihr in die Augen. »Meine Nase schmerzt. Ich kann nicht glauben, dass Prue davon nichts merkt.«

»Entweder wird sie krank, oder Robert hat etwas mit ihr gemacht, was nicht nur ihr Urteilsvermögen beeinträchtigt, sondern auch ihren Geruchssinn«, antwortete Phoebe. »Es ist wohl an der Zeit, dem Liebesbann ein Ende zu bereiten.«

Piper lachte. »Ganz sicher. Bevor Prue uns alle erstickt.«

Als Piper an diesem Abend die Treppe im Halliwell-Haus herunterkam, hörte sie draußen ein Motorrad quietschend zum Stillstand kommen. Sie lugte aus dem Fenster und schluckte.

»Was schaust du dir an?«, fragte Phoebe und kam auf sie zu.

»Das wirst du nicht glauben, aber ich befürchte, Prue hat sich einer Gang angeschlossen«, sagte Piper. »Klar, heute Morgen habe ich an die Sache mit Roberts Liebesbann noch nicht geglaubt, aber jetzt bin ich sicher, dass etwas passiert, das Prues Männergeschmack ganz gehörig auf den Kopf gestellt hat.«

»Wovon redest du?«, fragte Phoebe. Sie sah aus dem Fenster und reagierte wie ihre Schwester. »Der sieht ja aus, als wäre ein ganzes Schmuckkästchen in seinem Gesicht explodiert.«

Piper nickte. Sie konnte es auch nicht glauben.

Prue stand im Vorgarten und knutschte mit einem bulligen Glatzkopf. Er trug so viele Ohrringe und Ketten, dass Piper sich fragte, was die Haut überhaupt noch am Kopf festhielt.

Piercing in den Augenbrauen, der Nase, den Lippen …

»Wo findet sie diese Typen?«, murmelte Piper.

»Ist doch unwichtig«, antwortete Phoebe. »Das muss aufhören!«

»Sehe ich auch so.« Sie und Phoebe warteten an der Tür, bis Prue reinkam. Aber Prue schien weder glücklich noch aufgeregt, noch sonst was zu sein, nichts von dem, was man nach einem solch ausgiebigen Kuss hätte erwarten können. Sie schien eher verwirrt.

»Mit Zunge?«, fragte Piper.

»Bis zum Schluss«, gab Prue zurück, die geistesabwesend wirkte. »Ich wünschte, ich hätte ihn nie geküsst.«

»Verdammt«, rief Piper. »Du musst aufhören, völlig fremde Männer zu küssen!«

»Ich weiß!«, erklärte Prue ungeduldig. »Ich habe doch schon im Park versucht, es euch zu erklären. Ich kann diesen Drang auch nicht erklären.« Sie legte sich die Hand auf die Stirn. »Ich weiß nicht, was mit mir geschieht!«

»Wir glauben, dass Robert dich mit einem Liebeszauber belegt hat«, platzte Phoebe heraus.

Prues Augen weiteten sich. »Robert? Ein Liebeszauber? Das ist doch nicht euer Ernst.«

»Ich wollte es zuerst auch nicht glauben«, sagte Piper. »Aber er hat Phoebe erzählt, dass er alles daran gesetzt hat, deine Liebe zu gewinnen, und dass es nicht geklappt hat. Also dachten wir … Liebeszauber.«

»Ich weiß nicht, aber irgendetwas ist auf jeden Fall faul«, gab Prue zu.

»Ich schlage vor, wir kümmern uns um einen Gegenzauber, und dann stellen wir Robert«, sagte Phoebe. »Nur, um ganz sicherzugehen.«

Prue schüttelte den Kopf. »Der Gegenzauber ist eine gute Idee, aber wenn ihr meint, dass Robert ein Hexer ist, dann liegt ihr falsch. Ich kenne ihn seit mehr als einem Jahr. Wenn er den Zauber tatsächlich versucht hat, aber dieser nicht funktioniert, dann hätte er sich doch schon längst was anderes einfallen lassen.«

»Vielleicht war es ja auch nicht Robert«, sagte Piper, denn auch ihr kamen erste Zweifel. Sie versuchte, an Alternativen zu denken, aber ohne Ergebnis. »Wir können uns später darum kümmern, wer der Schuldige ist«, sagte sie. »Jetzt müssen wir erst mal den Liebesbann loswerden.«

Prue hob eine Hand hoch. Piper war überrascht zu sehen, dass sie zitterte. »Wenn es einen Zauber gibt, will ich ihn loswerden. Ich habe es euch noch nicht erzählt, aber nach jedem Kuss geschieht etwas. Das Gesicht des Mannes verändert sich. Ich … ich sehe ihn sterben. Ich will keine Männer mehr küssen, aber ich kann nichts dagegen tun. Ich denke ständig daran, wen ich als Nächstes küssen könnte. Es macht mir Angst.«

»Das klingt mir jetzt aber ganz heftig nach Zauber«, sagte Phoebe entschieden. »Lasst uns das *Buch der Schatten* konsultieren.«

Piper ging zuerst zum Dachboden hinauf. »Phoebe hat neulich schon mal in dem Buch geblättert«, erklärte sie Prue. »Sie fand einige Sprüche, die den Bann vielleicht brechen können.«

»Benutz den stärksten«, drängte Prue.

»Was, wenn du danach nie wieder einen Mann küssen willst?«, gab Piper zu bedenken.

Prue lächelte bitter. »In diesem Moment klingt das gar nicht nach einem schlechten Tausch.«

Sie standen vor dem Podium, auf dem das *Buch der Schatten* lag, und schlugen die Seite auf, die Phoebe markiert hatte.

»Wir brauchen dazu ›die Macht der 3‹«, sagte Piper. »Dieser dumme Spruch wird nicht funktionieren, wenn wir unsere Kräfte nicht vereinigen.«

»Dann los«, sagte Prue.

Phoebe trat von dem Buch zurück. Sie nahm ein Stück Kreide aus ihrer Tasche und zeichnete einen Kreis auf den Boden.

»Haltet euch an den Händen«, sagte Phoebe.

Piper spürte, wie ihr Mund trocken wurde. Sie hatte immer Angst, dass einer der Sprüche schief gehen könnte.

»Schließt eure Augen«, befahl Phoebe, »und wiederholt alles dreimal:

Das Herz bringt die Macht der Liebe mit
Der Kuss ist nur der erste Schritt
Brich den Bann, der beide trennt
Mach Prue wieder so, wie man sie kennt!«

Piper schloss die Augen und hielt die Hände ihrer Schwestern. Sie hörte die Stimmen der anderen Halliwell-Frauen, wie sie den Spruch wiederholten:

»Das Herz bringt die Macht der Liebe mit
Der Kuss ist nur der erste Schritt
Brich den Bann, der beide trennt
Mach Prue wieder so, wie man sie kennt!«

Überrascht spürte Piper eine kalte Brise vom Boden aufsteigen. Sie kroch an ihren Beinen herauf, umkräuselte ihren Körper. Sie spürte ihr Herz schlagen, und Furcht überkam sie.

Lass das bitte der richtige Spruch sein, dachte sie, und lass ihn uns richtig aussprechen.

Am Zittern der Hände ihrer Schwestern konnte sie spüren, dass diese ebenfalls die Kälte fühlten.

Mit einer Stimme wiederholten sie erneut den Zauberspruch.

Plötzlich schwoll der Wind um sie herum zu einem Wirbelsturm an. Heulend umtoste er sie.

Piper versuchte, sich von dem Sturm nicht ablenken zu lassen. Sie zwang sich zur Konzentration auf den Spruch, und sie wusste, dass ihre Schwestern das auch taten, denn ihre Lippen bewegten sich. Aber ihre Ohren waren erfüllt vom Sausen des Windes.

Piper merkte, wie Phoebes Handgriff sich verspannte, und Prue tat es ihr gleich. Es wird funktionieren, beschwor sie sich. Alles wird wieder in Ordnung kommen.

Donner grollte, der Boden vibrierte, und eine Hitzewelle durchfuhr Piper. Sie spürte Feuer und Eis in ihrem Innern kämpfen. Der Wind kreischte.

Dann Stille.

Piper hatte immer noch ein Klingeln in den Ohren, aber der heulende Wind war abgeebbt. Ihr Körper kribbelte. »Ist es vorbei?«, flüsterte sie.

Phoebe nickte. »Ich denke schon.«

Piper drehte sich zu Prue. »Wie fühlst du dich?«

Prue sah sich vorsichtig um, ihre Stimme zitterte leicht. »Okay, denke ich.«

»Musst du wieder jemanden küssen?«, fragte Piper zögernd.

Prue leckte ihre Lippen und presste sie dann aufeinander. »Nein.«

Piper drückte ihre Hand. »Glaubst du, wir haben den Bann endgültig gebrochen?«

Prue nickte. »Ganz bestimmt. Ich küsse niemanden mehr.«

»Zumindest vorerst«, schlug Piper vor.

Prue ließ die Hände ihrer Schwestern los und trat einen Schritt zurück. »Wenn es nach mir geht, brauche ich nie wieder jemanden zu küssen.«

8

*A*UF DEM BODEN des Wohnzimmers sitzend, skizzierte Phoebe verschiedene Ideen für das Briefpapier des *quake*. Nichts schien ihr zu gefallen.

Du versuchst es viel zu verbissen, tadelte sie sich selbst. Entspanne dich einfach, dann werden die Ideen ganz von selbst kommen.

Sie hatte dasselbe Problem gehabt, als sie zum ersten Mal ihre Gabe der Vorhersehung entdeckte. Wenn sie sich darauf konzentriert hatte, eine Vision zu bekommen, war nie etwas passiert. Am Anfang hatte sie es so angestrengt versucht, dass sie heftige Kopfschmerzen davongetragen hatte. Erst langsam hatte sie sowohl die Grenzen als auch die ungeheuren Möglichkeiten ihrer Kräfte erkannt.

Die Visionen kamen, wenn sie am wenigsten damit rechnete.

Genauso würde es mit dem perfekten Entwurf für das *quake*-Briefpapier sein.

Sie hatte das Logo des *quake* in die Ecke gezeichnet – ein zerborstener Felsbrocken, der an ein echtes Erdbeben erinnern sollte. Die Buchstaben QUA waren auf die eine Hälfte des Steins gemeißelt, die Buchstaben KE auf die andere.

Phoebe zeichnete das Logo noch einmal, diesmal ein wenig größer. Dann versuchte sie mit Akrylfarben ein brillantes Hintergrunddesign zu entwerfen. Langsam begann sie damit, sich zu entspannen, sie verlor sich selbst in den Farben und der Struktur ihrer Zeichnungen.

Als sich die Haustür öffnete, blickte sie auf. Piper schlurfte hinein, ihre Schultern waren zusammengesunken. Phoebe brauchte keine hellseherischen Fähigkeiten, um zu wissen, dass etwas nicht stimmte.

»Was ist passiert?«, fragte sie und schob Papier und Farben beiseite.

Piper ließ sich neben ihrer Schwester auf den Fußboden fallen. »Na ja, ich dachte, da ich heute Abend nicht im *quake* arbeiten muss, gehe ich am Krankenhaus vorbei und besuche Billy. Ich hatte extra sein Lieblingsessen gekocht und es ihm mitgebracht. Er meinte, er könnte es gar nicht schmecken. Er wollte nichts davon essen.« Tränen schimmerten in ihren Augen, und sie hielt sich die Hand vor den Mund. »Seine Haut ist ganz verschrumpelt. Er sieht aus wie ein Skelett. Ich habe Angst, dass er sterben wird.«

Phoebe legte den Arm um ihre Schwester und zog sie zu sich heran. »Er kommt schon wieder in Ordnung«, sagte Phoebe, an ihren eigenen Worten zweifelnd.

Piper schüttelte den Kopf. »Diese Seuche kommt mir vor wie aus einem dieser Horrorfilme, bei dem ein unheimliches Virus die ganze Menschheit auslöscht. Der Korridor, auf dem Billy liegt, ist voll mit Leuten, die alle an derselben Krankheit leiden. Zuerst dachten alle, das Virus hätte nur die Besucher von Lloyd Clabornes Party und die Gäste des *quake* erwischt. Aber jetzt sind auch andere Menschen infiziert. Es breitet sich aus.«

»Wenn es nichts mit dem *quake* oder Claibornes Party zu tun hat«, sagte Phoebe, »dann muss es etwas anderes geben, das all diese Menschen gemeinsam haben.«

Piper starrte auf den Boden. »Wahrscheinlich. Aber Billy kann uns nicht sagen, was es ist. Er hat immerzu seinen Mund bewegt, und ich wusste, dass er mir etwas sagen wollte, aber seine Stimme war so schwach und leise, dass ich ihn nicht verstehen konnte.«

Sie schluchzte, und ein paar Tränen rollten ihre Wangen herab.

Phoebe nahm Piper noch fester in den Arm. »Die Ärzte werden schon herausfinden, was los ist.«

»Dann sollten sie sich besser beeilen«, sagte Piper in einem grimmigen Tonfall. »Sie wissen zumindest, dass es keine Nahrungsmittelvergiftung ist. Aber niemand kann genau sagen, woran Billy leidet oder was man dagegen tun könnte. Ein Doktor sagte, es sei, als ob diese Menschen einfach so … verfallen … ohne einen ersichtlichen Grund.«

»Wenigstens ist noch niemand gestorben«, erinnerte Phoebe sie.

Piper richtete sich auf und sah jetzt ein wenig ruhiger aus. »Weißt du, wen ich gesehen habe, wie er ins Krankenhaus ging? Den Kerl, der mein Kleid geliefert hat.«

Phoebe fühlte, wie ein kalter Schauer ihren Rücken hinunterlief. Es war schon schlimm genug, dass Billy im Krankenhaus lag, aber die Vorstellung, dass noch jemand, den sie kannten, ebenfalls betroffen war …

»Vielleicht wollte er nur einen Krankenbesuch machen«, sagte sie optimistisch.

»Das glaube ich nicht. Er war totenblass und ist zu Boden gestürzt, bevor jemand bei ihm war.«

»Oh.« Sie versuchte, sich etwas Aufmunterndes einfallen zu lassen, um Pipers Gedanken von dem Thema abzulenken. »Wie geht es Jake?«

»Jake?«

Phoebe gab ihr einen sanften Stups gegen den Arm. »Ja, Jake. Was hat er gesagt, als du dich wegen der Premiere bei ihm entschuldigt hast?«

Piper wandte schuldbewusst den Blick ab.

»Du hast ihn noch nicht angerufen, stimmt's?«, fragte Phoebe.

»Ich wusste nicht, was ich sagen sollte.« Piper lehnte sich gegen das Tischbein. »Jede Erklärung, die ich mir ausgedacht habe, klang so albern und unglaubwürdig.«

Phoebe seufzte. Sie wusste, dass Piper in Bezug auf Jake gerade einen großen Fehler machte, aber sie konnte ihrer Schwester schließlich nicht vorschreiben, wie sie ihr Leben zu führen hatte. Sie griff nach der Skizze, an der sie gerade gearbeitet hatte. »Ich habe versucht, mir etwas echt Originelles für dein Briefpapier auszudenken.« Sie zeigte Piper den Skizzenblock. »Was hältst du davon?«

Piper kniff die Augen zusammen. Sie öffnete ihren Mund, wie um etwas zu sagen, aber dann schloss sie ihn wieder.

»Es gefällt dir nicht«, sagte Phoebe.

»Das ist es nicht«, sagte Piper zögernd. »Es ist nur … wie bist du darauf gekommen?«

»Keine Ahnung«, sagte Phoebe. »Ich habe mich einfach entspannt, und plötzlich tauchte das hier in meinem Kopf auf.«

Piper nagte an ihrer Unterlippe. »Weißt du, woran mich dieser Hintergrund erinnert? An diese gruselige Karte von Prues Tarot-Sitzung. Die mit dem Schwarzen Turm und diesen ganzen anderen Symbolen.«

Phoebe sah sich ihre eigene Zeichnung noch einmal genauer an. Piper hatte Recht. »Es muss mich mehr beeindruckt haben, als ich dachte.« Sie berührte mit dem Finger eines der geometrischen Muster, die sie hinter das *quake*-Logo gezeichnet hatte.

Ein helles Licht blitzte vor Phoebes Augen auf. Ein kurzer Stromschlag durchzuckte ihren Körper. Von Furcht erfüllt keuchte sie, erkannte aber gleichzeitig die Vorzeichen einer nahenden Vision. Sie schloss die Augen und wartete, dass sich die Bilder vor ihrem inneren Auge formten:

Eine Tarot-Karte. Vor- und zurückschwingend.

Der Schwarze Turm. Die Karte, die Elena solche Angst gemacht hatte.

Und Elena. Hier. In diesem Haus. Auf dem Dachboden.

Prue. Auf dem Boden liegend.

Elena, die Karte über sie haltend. Singend.

Worte. Phoebe konnte die Worte nicht verstehen!

Prue! Die arme Prue!

Ihr Körper wie verdorrt, die Haut straff gespannt.

Ihre Lippen schwarz angelaufen, aufgerissen, blutend.

Ihr Gesicht nur ein gräulicher Schatten. Mit tief eingesunkenen Augen.

Sie versucht zu sprechen, schnappt nach Luft.

Kämpft um jeden Atemzug.

Kämpft ums Überleben – und verliert!

Phoebe jammerte gequält auf. Ihre Gedanken rotierten. Die Bilder verschwanden, und sie senkte ihren Kopf vor Schwindel.

»Hey!« Piper berührte Phoebes Schultern.

»Phoebe, bist du okay?«, fragte sie.

Phoebe war nicht okay, aber sie konnte nicht antworten.

Tränen brannten in ihren Augen, und ein dicker Klumpen bildete sich in ihrem Hals.

Wie sollte ich jemals wieder okay sein?, fragte sie sich mit wild klopfendem Herzen. Prue wird sterben!

9

PIPER WARF IHRER Schwester einen besorgten Blick zu. Phoebe war blass und hielt den Kopf gesenkt. »Phoebe, was ist los?«, fragte sie. »Ich wollte deine Gefühle nicht verletzen. Mir gefallen die strahlenden Farben deines Entwurfes, aber diese Symbole von den Tarot-Karten ...« Sie schüttelte den Kopf. »Sie passen einfach nicht zum *quake*.«

Phoebe antwortete nicht, sie starrte nur auf den Skizzenblock.

Warum konnte ich nur meinen Mund nicht halten?, fragte sich Piper jetzt. Phoebe kann so empfindlich sein, wenn sie sich so viel Mühe gibt und wir sie dann kritisieren. Sie berührte Phoebes Arm. »Phoebe, sei doch nicht böse deswegen. Ich weiß, dass dir etwas Besseres einfallen wird, etwas, das zum *quake* passt und –«

Das Telefon klingelte, und Piper hätte vor Schreck fast der Schlag getroffen.

»Geh ans Telefon«, flüsterte Phoebe, während ihre ganze Aufmerksamkeit immer noch auf das Papier konzentriert war.

Piper stand auf und nahm den Hörer ab. »Hallo?«

»Hey, erinnerst du dich noch an mich?«

Ihr Herz tat einen kleinen Sprung, und zum ersten Mal an diesem Tag erschien ein kleines Lächeln auf ihrem Gesicht.

Sie drehte Phoebe den Rücken zu, um etwas Privatsphäre zu haben. »Hi, Jake!«

»Schön, du weißt also noch, wer ich bin. Ich war mir da nicht mehr ganz sicher.«

Der Klang des Zweifels in seiner Stimme ließ Piper zusammenzucken.

»Gestern Nacht ist mir etwas sehr Seltsames passiert«, fuhr er fort. »Ich habe eine wunderschöne Frau zu einer Premiere ausgeführt. Dann habe ich mich für eine Sekunde umgedreht – und schon war sie verschwunden. Wie bei David Copperfield. Puff! Pure Magie. Einfach in Luft aufgelöst. Was ist passiert, Piper? Warum bist du gegangen?«

Piper zuckte erneut zusammen, als sie den verletzten Ton in seiner Stimme hörte. »Oh, Jake. Es tut mir so Leid.«

»Ich kam mir vor wie ein Volltrottel, Piper. Wenn du gar nicht hättest gehen wollen, hättest du einfach etwas sagen können.«

»Aber ich wollte ja gehen. Aber dann ist etwas passiert, und ich musste los. Ich wusste nicht, was ich sagen sollte …«

»Wie geht es Billy?«, fragte Jake. Piper glaubte, jetzt etwas Verärgerung in seiner Stimme zu hören.

»Es geht ihm sehr schlecht, Jake«, antwortete Piper. »Mittlerweile wohne ich fast in diesem Krankenhaus.«

»Bist du sicher, dass zwischen euch beiden nichts läuft?«, fragte er.

»Was meinst du damit?«, fragte Piper leicht verärgert. »Er ist wirklich schwer krank. Und er ist mein Freund. Das ist alles.«

»Tut mir Leid«, sagte Jake. »Du hattest mir gesagt, dass ihr beide euch sehr nahe steht. Ich wusste nur nicht mehr, was ich davon halten sollte, nachdem du mich einfach so hast stehen lassen.«

»Ich kann alles erklären«, sagte sie leise. »Eine Frau war auf mein Kleid getreten, während wir beide weitergegangen sind. Na ja, mein Kleid ist zurückgeblieben. Tut mir Leid, aber ich musste einfach da weg. Hast du denn am nächsten Morgen nicht in die Zeitung geschaut?«

»Ich komme normalerweise nicht dazu, die Zeitung zu lesen«, antwortete Jake. »Aber es tut mir Leid, dass ich das verpasst habe«, ergänzte er mit einem Lachen.

»Mir nicht«, sagte sie kleinlaut. »Es war so demütigend.«

Jake musste wieder lachen. »Ich schätze, an deiner Stelle hätte ich mich auch verdrückt«, gab er zu.

»Tut mir Leid, dass ich nicht angerufen habe, um alles zu erklären. Ich hoffe, dass du mir eines Tages eine neue Chance geben wirst«, sagte Piper und überkreuzte die Finger, während sie den Hörer in der Hand hielt.

»Ich hatte gehofft, dass *du* mir eine neue Chance geben würdest«, sagte er. »Wie wäre es mit morgen Nachmittag?«

Sie strahlte. »Morgen? Das wäre perfekt!«

»Großartig. Dann treffen wir uns morgen um drei im Park vor dem *Presidio* für ein Picknick.«

Mit einem leichten Schwindelgefühl legte Piper den Hörer auf. Sie war glücklich, dass Jake es noch einmal mit ihr versuchen wollte. Diesmal würde sie dafür sorgen, dass alles glatt verlief.

Sie drehte sich wieder um, und ihr Hochgefühl war mit einem Schlag verschwunden. Phoebe hatte sich über ihre Entwürfe gebeugt und versuchte hektisch, die Symbole zu übermalen, die sie gerade erst zu Papier gebracht hatte. Aber die seltsamen geometrischen Formen schienen immer wieder durch die Farbschichten durchzudringen, so als ob nichts sie jetzt, wo sie erst einmal erschaffen worden waren, mehr überdecken oder rückgängig machen könnte.

Piper kniete sich neben ihre Schwester. »Phoebe?«, fragte sie. »Was tust du da? Was ist denn los?«

Phoebe antwortete nicht.

Piper packte ihre Schwester an den Schultern und zog sie nach oben. »Nun rück schon heraus mit der Sprache«, sagte sie. »Was ist denn los mit dir?«

»Ich … ich hatte eine Vision«, stammelte Phoebe. »Ich habe Prue gesehen. Sie lag auf dem Dachboden – und starb! Elena, die Kartenlegerin, schwenkte eine Karte über sie – die mit dem Schwarzen Turm.« Phoebe blickte wieder zurück auf die Symbole auf der Skizze. »Ich glaube, ich habe mich geirrt – oder nicht die volle Wahrheit erkannt. Es kann schon sein, dass Robert tatsächlich einen Liebeszauber über Prue verhängt hat, aber hier geht auch noch irgendetwas anderes vor. Ich weiß nicht genau, was, aber es hat etwas mit Elena zu tun, dieser Turm-Karte und der sterbenden Prue!«

»Aber warum?« Piper versuchte Phoebes Worten irgendeinen Sinn abzugewinnen, aber sie konnte es nicht. »Warum sollte Elena das tun? Sie ist doch nur eine Tarot-Kartenlegerin. Sie kennt uns doch nicht einmal.«

»Da können wir nicht so sicher sein«, entgegnete Phoebe. »Wir sind die Zauberhaften, erinnerst du dich? Elena wird uns nicht gerade auf die Nase binden, dass sie eine Hexenmeisterin ist, wenn sie eine ist.«

Piper fühlte, wie Kälte in ihr hoch stieg. »Du hast Recht, Phoebe. Wir können nie wissen, wem wir trauen können.« Sie legte ihre Hand tröstend auf die Schulter ihrer Schwester. »Okay. Wir sollten uns erst einmal beruhigen. Wir werden schon eine Lösung finden.«

Piper zuckte erschrocken zusammen, als Prue durch die Haustür stürmte, voll beladen mit Einkaufstüten. Sie war erleichtert, dass Prue aussah wie immer, und gleichzeitig besorgt, dass Phoebes Vision wahr werden könnte – wie bisher alle ihre Visionen.

Mit beiläufig klingender Stimme fragte Piper sie: »Hey, wie geht es dir?«

»Ganz ausgezeichnet«, antwortete Prue. »Ich wollte euch beide fragen, ob ihr nicht Lust habt, heute Abend ins Kino zu gehen.«

»Du willst mit uns ins Kino?«, fragte Phoebe.

»Nein, aber wenn ihr gehen wollt, lade ich euch ein«, bot Prue an.

Piper blickte ihre ältere Schwester misstrauisch an.

»Warum bist du so wild darauf, dass wir beide ins Kino gehen?«

Ein verträumtes Lächeln huschte über Prues Gesicht. »Ich habe gerade einen absoluten Traumkerl kennen gelernt und ihn zum Abendessen eingeladen. Er wird in einer halben Stunde hier sein, also muss ich euch beide so schnell wie möglich aus dem Haus haben.« Sie schritt quer durch den Raum, blieb dann aber auf halbem Weg wieder stehen.

Piper sah, wie Prues Blick auf den Skizzenblock auf dem Fußboden fiel.

»Was ist das denn?«, fragte sie.

»Phoebe entwirft einen Briefbogen für das *quake*«, erklärte Piper.

Prue griff nach dem Block. »Du willst das hier wirklich fürs *quake* benutzen?«, fragte sie Phoebe. »Du würdest das Design doch nicht einmal richtig hinbekommen, wenn du es mit einer Malen-nach-Zahlen-Vorlage versuchen würdest.«

»Na, herzlichen Dank auch!«, entgegnete Phoebe und versuchte, nicht zu verletzt auszusehen. »Es ist immer schön, von der eigenen Familie ermutigt zu werden.«

Prue antwortete nicht, sondern marschierte weiter in Richtung Küche, den Skizzenblock immer noch in der Hand.

»Warum ist eigentlich jeder ein Kunstkritiker?«, fragte Phoebe verärgert.

»Nein«, warf Piper ein. »Die echte Prue würde nie so gemein sein.«

Phoebe gab ein enttäuschtes Seufzen von sich. »Ganz offensichtlich hat der Gegenzauber nicht funktioniert. Sie ist immer noch hinter allem her, was Hosen trägt, und jetzt wird sie auch noch unausstehlich.«

»Aber das ist noch nicht einmal das Schlimmste.« Piper warf ihrer Schwester einen ängstlichen Blick zu. »Wie können wir verhindern, dass deine Vision wahr wird?«

Während sie eine Hand voll Pasta in das kochende Wasser warf, dachte Prue über Eugene nach. Sie hatte an einer Ampel auf Grün gewartet und dabei einen Blick auf das Auto neben sich geworfen. Der Fahrer hatte mit seinen Händen im Takt der aus dem Radio hämmernden Musik auf das Lenkrad gehämmert. Er hatte sie angelächelt. Er hatte einen wunderschönen Mund. Da hatte sie ihr Fenster heruntergekurbelt und ihn zum Abendessen eingeladen.

Es war so einfach, dachte sie. Warum hatte sie so etwas nicht schon viel früher gemacht?

Es klingelte an der Tür. Ein Ruck durchfuhr sie. Er war früh dran. »Ich mache auf«, rief sie.

Sie eilte durch das Wohnzimmer. Piper und Phoebe waren immer noch da, offensichtlich weigerten sie sich zu gehen.

Na schön, dachte Prue. Sie können tun und lassen, was sie wollen. Aber sie werden mich nicht davon abhalten zu tun, was ich will.

Sie öffnete die Tür, und ihr Lächeln erstarb augenblicklich.

Vor der Haustür stand Robert.

»Hallo, Prue.«

»Was willst du denn hier?«, fragte sie schroff.

»Ich konnte dich nirgendwo anders erwischen«, antwortete er. »Ich musste dich unbedingt sehen, Prue.«

»Ich war beschäftigt«, sagte sie kalt. »Du weißt ja, wie das bei Bucklands ist.«

Er nickte zustimmend. »Ja, ich weiß, wie stressig es dort manchmal sein kann.«

Ich will dich nicht hier haben, dachte sie. Ich will nichts von dir.

Er machte einen Schritt auf die Türschwelle zu, aber Prue machte keine Anstalten, zurückzutreten und ihn ins Haus zu lassen.

»Prue«, sagte er zärtlich. Dann streckte er die Hand aus und berührte ihre Wange.

Sie zuckte angewidert zurück. »Rühr mich nicht an!«, schrie sie. »Was fällt dir ein!«

»Was habe ich dir denn bloß getan, dass du mich nicht mehr magst?«, fragte Robert sanft.

Prue versuchte, eine Antwort zu finden, aber ihr fiel nichts dazu ein. Ich habe nicht die geringste Ahnung, stellte sie fest. Ich wusste nur, dass er eine Bedrohung für mich darstellt – besonders, nachdem Phoebe herausgefunden hatte, dass er einen Zauberspruch über mich verhängen wollte.

Sie funkelte ihn an. »Ich habe nichts gegen dich«, sagte sie, mühsam um jedes Wort kämpfend.

Robert versuchte es noch einmal. »Tut mir Leid, dass ich so unangemeldet hereinplatze, aber ich habe gerade ein Geschäftsessen abgesagt. Und da habe ich mich gefragt, ob ich statt dessen heute Abend mit dir ausgehen könnte.«

Prue versuchte krampfhaft einen Grund dafür zu finden, warum er so hartnäckig war. Sie hatte doch wohl klar genug durchblicken lassen, dass sie keinerlei Interesse daran hatte, mit ihm auszugehen. Warum dachte er, dass sie ihre Meinung ändern könnte? Hatte er wirklich einen Bann auf sie gelegt? Ein gemeiner Gedanke blitzte in ihr auf. Wenn das wirklich so war, dann hatte der Zauberspruch vielleicht verkehrt herum gewirkt, sodass er jetzt sie lieben musste und nicht sie ihn.

Sie massierte ihre Stirn, hinter der sich ein stechender Kopfschmerz zusammenbraute. »Ich verstehe das nicht, Robert. Warum fragst du immer wieder, ob ich mit dir ausgehen will? Warum gibst du nicht einfach auf?«

Mit einem selbstsicheren Grinsen beugte er sich zu ihr vor. »Weil du mich liebst«, sagte er. »Du weißt es nur noch nicht.«

Diese Worte drehten Prue fast den Magen um. Er glaubt immer noch, dass ich unter seinem Liebeszauber stehe, dachte sie. »Da könntest du gar nicht falscher liegen«, erklärte sie. Sie drückte ihre Handfläche gegen seine kräftige Brust und schob ihn durch die Tür zurück auf die Veranda. »Gute Nacht!«

»Prue …«

Sie warf die Tür zu.

»Prue, mach die Tür auf!«, rief er.

»Träum weiter«, murmelte sie und machte sich wieder auf den Weg in die Küche. Jetzt konnte sie sicher sein, dass Robert kein Hexer war. Würde ein Hexer sich durch eine Tür schubsen lassen? Nein. Wie Piper schon sagte, hatte er wahrscheinlich einen Liebeszauber aus irgendeinem Buch ausprobiert und das Ganze völlig verpatzt.

Sie blickte auf ihre Uhr. Roberts Kurzbesuch hatte ihren ganzen Zeitplan durcheinander gebracht. Sie wollte, dass das Essen auf dem Tisch stand, die Kerzen brannten und der Wein eingeschenkt war, wenn Eugene eintraf.

Sie geriet leicht ins Stolpern, als sie durch das Wohnzimmer ging, und musste sich an einem Stuhl abstützen. Ihre Beine fühlten sich seltsam an – ein wenig zitterig.

Phoebe blickte von der Couch auf. »Alles in Ordnung?«, fragte sie.

»Mir geht es gut«, zischte Prue, »aber es würde mir noch viel besser gehen, wenn du und Piper mich endlich in Ruhe lassen würdet!«

Phoebe hob abwehrend die Hände. »Wenn dein heißes Date hier aufkreuzt, werde ich mich auf mein Zimmer verziehen. Oder war er das gerade schon an der Tür?«

»Nein, das war Robert.«

»Was wollte er denn?«, fragte Phoebe mit einem Unterton von aufrichtiger Sorge in ihrer Stimme.

»Vielleicht wollte er noch einen Liebeszauber bei mir versuchen. Ich weiß es nicht, und es interessiert mich auch nicht. Er ist ganz bestimmt nicht der, nach dem ich suche!«, blaffte sie hervor.

Phoebe sah sie nur verblüfft an.

Prue legte sich ihre Hand auf die Brust, versuchte, sich zu beruhigen, und schnappte nach Luft. Robert, Phoebe, Piper, dachte sie. Sie stehen mir nur im Weg. Sie versuchen alle nur, mir den Abend zu ruinieren.

Sie schloss die Augen und holte tief Luft, dann ging sie ganz langsam weiter in Richtung Küche. Ich verliere die Kontrolle, dachte sie, überrascht über dieses ungewohnte Gefühl. Vielleicht arbeite ich wirklich zu viel. Woran sollte es sonst liegen, dass sie in letzter Zeit so erschöpft und launisch war? Der arme Eugene. Heute Abend würde er wohl nicht mehr bekommen als Abendessen und einen Kuss.

Wieder musste sie sich abstützen, diesmal an der Spüle. Vielleicht habe ich mir eine Erkältung eingefangen, dachte sie.

Das Bild von Eugene blitzte vor ihrem inneren Auge auf, und ihre Lippen prickelten. Er war so süß – und dazu hatte er so einen extrem gut gebauten, muskulösen Körper.

Sie wollte einen leidenschaftlichen Kuss, der alle ihre Nerven zum Vibrieren bringen würde, einen Kuss wie den, den sie um Mitternacht am Silvesterabend bekommen hatte. Besonders, weil es diesmal keine furchtbaren Visionen von sterbenden Menschen geben würde. Diesmal war der Bann gebrochen.

Prue stieß sich von der Spüle ab, ließ etwas Butter in eine Bratpfanne gleiten und stellte den Herd an. Dann griff sie nach einem großen Schneidemessser und begann, Zwiebeln und Knoblauch für die Soße klein zu hacken.

Sie hörte, wie die Butter zu zischen anfing, und drehte die Flamme kleiner. Plötzlich erstarrte sie und fixierte die Zwiebeln und den Knoblauch. Sie konnte keines von beiden riechen – genauso wenig wie die Butter.

Sie warf noch gehackte Zucchini und Pfeffer in die Pfanne und hörte das laute Zischen, als die kalten Zutaten in die heiße Pfanne fielen. Sie rührte alles um, aber konnte dabei immer noch nichts riechen.

Schließlich nahm sie noch einen großen Portobello-Pilz, zerteilte ihn und warf ihn in die Pfanne. Sie rührte das im Butter bratende Gemüse um, roch aber immer noch nicht das Geringste. Vielleicht habe ich noch nicht genug Zwiebeln und Knoblauch untergemischt, dachte sie.

Ungeduldig schälte sie eine weitere Knoblauchzehe und begann, sie hastig klein zu hacken. Wie konnte der Knoblauch denn nicht riechen? Habe ich etwa alte Zutaten gekauft?

»Was hast du vor, Prue?«, fragte Piper von der Türschwelle aus. »Willst du eine Armee von Vampiren verscheuchen?«

Prue riss alarmiert die Augen auf. »Du kannst den Knoblauch riechen?«

»Natürlich kann ich ihn riechen. Das ganze Haus stinkt danach.«

»Warum kann ich dann nichts riechen?«

»Vielleicht bekommst du eine Erkältung?«, schlug Piper vor.

Prue blickte ihrer Schwester in die Augen. »Ich fühle mich tatsächlich etwas angeschlagen.«

Piper schluckte plötzlich hart und rannte zu Prue. »Was hast du gemacht?«, rief Piper, nach der Hand ihrer Schwester greifend.

Wie durch einen dichten Nebel beobachtete Prue, wie ein Strom aus leuchtend rotem Blut aus einer Schnittwunde quoll, die sich quer über ihre Handfläche zog. Das Blut tropfte auf das Messer, die Spüle und den Knoblauch.

Sie fühlte einen Anfall von Schwindel, als sie die dunkelroten Flecken auf ihren Kleidern sah. Warum fühle ich denn keine Schmerzen?, fragte sie sich. Ich habe nicht einmal gemerkt, dass ich mich geschnitten habe.

»Prue!« Rasch wickelte Piper ein paar Lagen Küchenpapier um ihre Hand und presste sie auf die Wunde. »Wir müssen die Blutung stoppen.«

Prue antwortete nicht. Sie war auf seltsame Weise davon fasziniert, wie sich das Blut immer weiter durch das Papiertuch saugte. Blut tropfte von dem Küchenpapier in die Pfanne. Prue beobachtete, wie es anfing, zu zischen. »Schon besser«, sagte sie mit einem zufriedenen Lächeln.

»Was?«, fragte Piper.

»Ich glaube, ich kann riechen, wie das Blut kocht«, antwortete sie.

10

PHOEBE BLICKTE VON der Couch auf und sah, wie Piper Prue aus der Küche begleitete.

»Was ist passiert?«, fragte sie und sprang aus dem Sessel auf.

»Prue muss sich nur etwas hinlegen«, antwortete Piper schnell und übertönte damit die Türglocke. »Würdest du bitte zur Tür gehen und unserem Romeo klar machen, dass sein Date geplatzt ist?«

Einen Moment lang starrte Phoebe ihren Schwestern nach, als Piper der blassen Prue die Treppen hinaufhalf. Sie fragte sich, was hier eigentlich los war. Dann ging sie zur Haustür und öffnete.

Der Anblick des jungen Mannes vor der Tür verschlug ihr für einen Augenblick den Atem. Er war muskulös gebaut, jedoch noch jünger als der Skateboarder von neulich. Er bedachte sie mit einem dümmlichen Grinsen, und sie hatte das Gefühl, dass er noch nie zuvor ein Date gehabt hatte.

»Ist das Mädchen mit den schwarzen Haaren zu Hause?«, fragte er.

Schockiert starrte Phoebe ihn an. »Das Mädchen mit den schwarzen Haaren? Du weißt nicht einmal ihren Namen?«

»Nö. Sie hat mich einfach nur zum Abendessen eingeladen und, hey, ich hab immer Appetit. Du weißt schon, was ich meine?«

»Ja, ich glaube schon«, sagte Phoebe und versuchte dabei, so freundlich wie möglich zu bleiben. »Tut mir Leid, aber es geht ihr nicht gut.«

»Zu dumm.« Er zuckte mit den Schultern. »Aber ich schätze, ich könnte auch mit dir essen«, sagte er und wollte ins Haus kommen.

Phoebe legte die Spitze ihres Zeigefingers auf seine Brust und drängte ihn zurück. »Das glaube ich weniger.«

Er sah sie neugierig an. »In Chinatown zeigen sie gerade einen neuen Kung-Fu-Film aus Hong Kong«, sagte er. »Interesse?«

»Nein«, sagte Phoebe.

»Oh«, erwiderte er enttäuscht. Das dümmliche Grinsen machte sich wieder auf seinem Gesicht breit. »Na, vielleicht ein anderes Mal.«

Phoebe schloss verwundert über Prues neuen Männergeschmack die Tür und beobachtete durch das kleine Fenster, wie er davonschlurfte.

Sie setzte sich in einen der Korbstühle, um nachzudenken. Sie war sich sicher, dass hinter all dem mehr stecken musste, als nur ein missglückter Liebeszauber. Sie blickte auf, als sie von der Treppe das Geräusch von Schritten hörte. Beim Anblick des ernsten Ausdrucks auf Pipers Gesicht zog sich ihr Herz zusammen.

»Was ist passiert?«, fragte Phoebe.

Piper kniff die Lippen zusammen. »Prue hat sich ziemlich schlimm geschnitten, als sie das Abendessen zubereitete.«

»Muss die Wunde genäht werden?«

»Nein, aber ich glaube, irgendetwas stimmt mit ihr nicht«, antwortete Piper. »Sie zitterte am ganzen Körper, aber ich glaube nicht, dass es an dem Schnitt lag. Dann ist sie eingeschlafen, kaum dass sie das Kissen berührt hatte.«

»Okay, ich werde einen Arzt rufen.« Phoebe griff nach dem Telefonbuch. Nach ein paar Anrufen knallte sie den Hörer wieder auf die Gabel. »Jeder Arzt, den ich angerufen habe, ist ausgebucht. Den frühesten Termin für Phoebe hätte ich in zwei Wochen bekommen können. Sie haben vorgeschlagen, dass wir sie in die Notaufnahme bringen.«

Piper seufzte. »Prue schläft tief und fest. Was immer sie hat, ich glaube nicht, dass es nötig ist, sie gleich ins Krankenhaus zu schaffen.«

»Das ist gut«, sagte Phoebe. »Krankenhäuser machen mich nämlich nervös.«

Piper zog den Reißverschluss ihres Sweatshirts nach oben. »Wahrscheinlich war es sowieso eine dumme Idee, einen Arzt rufen zu wollen. Ich glaube, was immer Prue auch hat – es ist nichts, das die moderne Medizin heilen könnte.«

»Das denke ich auch«, stimmte Phoebe sofort zu. »Und das bedeutet, dass wir noch mehr Informationen brauchen – und zwar solche, die mit Medizin nichts zu tun haben.«

Piper setzte sich auf die Couch. »Vielleicht haben wir es hier mit zwei Zaubersprüchen zu tun«, dachte sie laut. »Vielleicht sind sie sich irgendwie ins Gehege gekommen.«

Phoebe schüttelte den Kopf. »Wie groß ist denn die Wahrscheinlichkeit, dass eine Hexe gleichzeitig mit zwei Zaubersprüchen belegt wird? Nein, ich glaube, die Lösung ist viel einfacher. Es muss irgendetwas sein, mit dem wir es bis jetzt noch nie zu tun hatten. Und bevor wir nicht wissen, was das ist, können wir es nur noch schlimmer machen, wenn wir jetzt irgendeinen beliebigen Gegenzauber ausprobieren. Vielleicht sollten wir mit der einzigen Information anfangen, die wir bis jetzt haben.«

»Und das wäre?«

»Meine Vision«, erinnerte Phoebe sie. »Du weißt schon, Elena, die diese Tarot-Karte über Prue hält.«

»Ich möchte Piper jetzt nur ungern allein lassen«, sagte Piper und blickte ins erste Stockwerk hinauf. »Ich würde gerne hier sein, wenn sie irgendetwas braucht. Aber gleich morgen werde ich ins *Railyard Café* gehen und zusehen, was ich über Elena herausfinden kann. Dann werde ich es im *Giovanni's* versuchen. Prue sagte, dass sie das Buffet für Clabornes Party ausgerichtet haben, und wir wissen, dass Elena auch da war. Vielleicht kann mir einer der Kellner sagen, was genau an diesem Abend überhaupt passiert ist.«

Phoebe stand auf. »Hört sich gut an. Wenn wir heute hier bleiben, können wir auch noch einen Blick in das *Buch der Schatten* werfen. Vielleicht finden wir darin etwas über diese Tarot-Karte.«

»Gute Idee«, sagte Piper.

Phoebe folgte Piper die Stufen hinauf bis auf den Dachboden. Zusammen gingen sie durch den Raum bis zu dem Podium, auf dem das *Buch der Schatten* ruhte. »Also los«, sagte Phoebe und schlug den Ledereinband auf.

Sie begann damit, die Seiten zu überfliegen. Keine leichte Aufgabe, denn im Laufe der Jahre hatten viele Vorfahren der Halliwells neue, handschriftliche Seiten beigetragen. Einige davon waren mit einer kunstvoll verschnörkelten Schrift verfasst worden, die sich von der zeitgenössischen so sehr unterschied, dass sie kaum zu entziffern war. Auf einigen Seiten war die Handschrift wiederum so klein und zusammengedrängt, dass man eigentlich ein Vergrößerungsglas gebraucht hätte, um sie lesen zu können.

Phoebe blätterte durch die Seiten, bis ihr Blick auf eine Abbildung fiel. Es war die Zeichnung eines überaus gut aussehenden Mannes mit dunklen Haaren. Aber seine Augen – irgendetwas im blauen Glanz seiner Augen schien das pure Böse auszustrahlen.

»Piper, schau dir das an«, sagte Phoebe und versuchte, dabei ruhig zu klingen. »Kommt dir dieser Kerl nicht irgendwie bekannt vor?«

Piper trat näher heran und blickte aufmerksam auf die Zeichnung. »Nicht wirklich«, antwortete sie.

Phoebe schüttelte den Kopf und berührte die Robe, die der Mann trug. »Schau dir doch das Muster auf seiner Robe an. Das sind dieselben Symbole, die auch auf dieser Tarot-Karte abgebildet waren. Dasselbe Muster, das ich unbewusst auf den Briefbogen für das *quake* gezeichnet habe.«

Piper deutete auf den Text unter der Abbildung. »Sieht aus, als hätte das jemand in großer Eile geschrieben. Kannst du lesen, was da steht?«

Phoebe spürte, wie ihr Herz begann, schneller zu schlagen, und das Blut in ihren Schläfen hämmerte, während sie versuchte, die Worte zu entziffern. »Ich glaube, diese Seite ist eine

Warnung«, sagte sie schließlich. »Vor diesem Typen. Der erste Satz lautet: ›Lascaris war ein mächtiger Hexer, der im Frankreich des späten siebzehnten Jahrhunderts auftauchte.‹«

»Ein Hexer«, wiederholte Piper sarkastisch. »Warum überrascht mich das gar nicht? Was steht da sonst noch?«

»›Er verhexte junge Frauen und brachte sie dazu, Lebensenergie für ihn zu sammeln, indem sie Männer küssten. Er brauchte die Lebenskraft dieser Männer, um durch die Jahrhunderte hindurch jung und mächtig zu bleiben.‹«

»Durch Küsse«, echote Piper. »Wir sind definitiv auf der richtigen Spur.«

Phoebe zuckte zusammen, als sie den nächsten Satz las.

»›Er war geradezu versessen auf einen ganz bestimmten Stoß von Karten und benutzte ihn dazu, seine zukünftigen Opfer zu bestimmen – diejenigen, bei denen sein Zauber am wirkungsvollsten sein würde.‹«

Piper schnappte nach Luft. »Prue hat sich sehr für Elenas Tarot-Karten interessiert. Sie sagte, dass sie ziemlich alt wären. Es können doch wohl nicht dieselben Karten sein, oder?«

»Ich weiß es nicht«, gab Phoebe zu. »Aber ich weiß jetzt, warum Elena so blass wurde, als sie diese Karte herauszog. Sie wusste, dass es ein böses Omen ist, das mit dem Bösen in Verbindung steht. Ich frage mich, ob Elena die Geschichte von Lascaris kennt.«

Piper rieb sich die Stirn. »Ich schätze, das gehört zu den Dingen, die ich morgen herausfinden muss.« Sie warf noch einen Blick auf die Abbildung. »Ich kriege schon eine Gänsehaut, wenn ich mir dieses Bild nur anschaue«, flüsterte sie.

Phoebe las weiter. »›Je mächtiger Lascaris wurde, desto schwächer wurden die Frauen, und die von ihnen geküssten Männer schwebten an der Schwelle zum Tode. Wenn die Frauen nicht mehr die Kraft hatten, ihm zu dienen, vollführte Lascaris ein Ritual. Wenn es abgeschlossen war, starben sowohl die Männer als auch die Frauen.‹«

Piper schluckte. »Sympathischer Zeitgenosse.«

»Hier steht weiter, dass Lascaris Seele eingeschlossen wurde«, fuhr Phoebe fort.

»Wo?«, fragte Piper.

Phoebe schüttelte den Kopf, frustriert darüber, dass gerade die wichtigste Information fehlte. »Hier steht nicht, wo oder von wem.«

»Warte mal, Phoebe. Wenn dieser Hexer irgendwo eingeschlossen wurde, dann kann er nicht derjenige sein, der Prue etwas antut«, stellte Piper fest.

»Ich weiß nicht so recht«, widersprach Phoebe. »Prue küsst im Augenblick jeden Kerl, der in die Reichweite ihrer Lippen kommt. Das passt alles … einfach zu gut zusammen.«

Plötzlich kam ihr ein furchtbarer Gedanke. »Was, wenn Lascaris irgendwie entkommen konnte und jetzt Prue missbraucht, um wieder neue Kräfte zu sammeln?«

Piper starrte sie mit schreckgeweiteten Augen an.

Ein Gefühl abgrundtiefer Furcht durchströmte Phoebes Körper. »Wir müssen ihn finden«, sagte sie. »Wir müssen ihn finden, bevor er mit Prue dasselbe tut, was er all seinen anderen Opfern angetan hat.«

11

Prue lehnte sich über das schmiedeeiserne Balkongelände von Lloyd Claibornes Anwesen und ließ ihren Blick über die Bucht schweifen.

Warum spielen so viele meiner Träume ausgerechnet hier?, fragte sie sich. *Hat Claiborne irgendetwas mit diesem magischen Kuss in der Silvesternacht zu tun? Ist er vielleicht derjenige, nach dem ich suche?*

Um sie herum zog dichter, grauer Nebel auf, und schon bald konnte sie weder die Bucht noch die Golden Gate Bridge erkennen.

Aber sie fühlte *seine* Gegenwart.

Das mitternächtliche Phantom war hinter hier, schleichend, lauernd. Plötzlich fiel ihr das Atmen schwer, und ihr ganzer Körper fühlte sich an, als ob er in Flammen stehen würde, umlodert von einem unsichtbaren Feuer, das heiß brannte, ohne ihren Körper zu verzehren.

Sie wollte ihn – und gleichzeitig hatte sie auch Angst vor ihm. Furcht und Begierde stiegen in ihr auf, bis sie beides nicht mehr unterscheiden konnte.

Dicht unter ihrem Hals spürte sie ein Pulsieren, ein Pochen. Sie legte ihre Hand auf die Smaragd-Halskette, die dort ruhte, und drehte sich um.

Der Fremde stand vor ihr, eingehüllt in Schatten.

»Du hast mir das Leben geschenkt«, sagte er mit rauer Stimme und legte seine Hände auf beide Seiten ihres Gesichts. Ein Gefühl der Schwäche überkam sie. Ihre Beine zitterten jetzt so sehr, dass sie kaum noch stehen konnte. Sie konnte sich nicht mehr bewegen. Sie konnte nicht kämpfen.

Seine Lippen berührten die ihren.

Aber dieser Kuss war anders. Es lag keine Leidenschaft darin. Kein Verlangen.

Diesmal war er nichts als die hässliche Wahrheit. Er raubte ihr den Atem, saugte ihr das Leben aus. Alles zog sich um sie herum zusammen, erstickte sie …

Prue schreckte aus dem Schlaf hoch. Sie fühlte, wie ihr Schrei durch das Zimmer hallte.

Aber sie konnte ihn nicht hören. Sie schrie noch einmal, aber alles, was sie hörte, war das rasende Klopfen ihres eigenen Herzens.

Sie schoss senkrecht im Bett auf, schwer atmend, am ganzen Körper zitternd. Kalter Schweiß ließ ihr Nachthemd an der Haut kleben.

Irgendetwas stimmt hier nicht, dachte sie. Irgendetwas läuft hier ganz furchtbar falsch.

Sie konnte die weichen Baumwolllaken nicht mehr auf ihren Beinen spüren. Sie konnte das Gewicht der Überdecke nicht spüren und auch nicht den Verband, mit dem Piper ihre Hand bandagiert hatte.

Auch mit ihren Augen stimmte etwas nicht. Es war, als würde sie alles durch einen langen Tunnel hindurch sehen. Vom entfernten Ende drang noch etwas Licht zu ihr durch, aber es wurde schwächer und schwächer.

Voller Panik nach Luft schnappend, versuchte Prue, aus dem Bett zu steigen, aber ihr Körper versagte ihr den Dienst. Sie fiel hart auf die Seite, nicht mehr in der Lage, sich aufzurichten.

Was passiert mit mir?, schrie ihr Verstand auf.

Pipers Blick wanderte aufmerksam durch das *Railyard Café* und hielt Ausschau nach der Tarot-Legerin. Langsam glaubte sie, dass Phoebe tatsächlich Recht hatte. Elena musste hinter dem stecken, was mit Prue passierte. Dieses ganze Chaos hatte schließlich erst begonnen, nachdem sie eingewilligt hatten, sich ihre Zukunft vorhersagen zu lassen.

Sie ging hinüber zur Bar, wo ein Mann gerade damit beschäftigt war, Gläser einzusortieren. »Ist der Geschäftsführer zu sprechen?«, fragte sie.

Er drehte sich um und lächelte sie an. »Das bin ich. Was kann ich für Sie tun?«

Sie knetete ihre Hände und fragte sich, wie sie alles erklären konnte, ohne zu viel zu verraten. »Wissen Sie vielleicht, wo ich Elena finden kann?«

Er deutete mit seinem Daumen über seine Schulter. »Im Hinterzimmer, sie hält gerade eine Privatsitzung ab.«

Piper zog eine Grimasse und blickte auf ihre Uhr.

»Danke.«

Sie ging um die Bar herum, in Richtung der Küche und des Hinterzimmers. Auf der Türschwelle blieb sie stehen.

Sie sah, wie Elena die Karten für einen Mann mit glänzend schwarzen Haaren auslegte. Piper konnte nur seinen Hinterkopf sehen, aber etwas an ihm kam ihr bekannt vor.

Vielleicht ist er ein Stammgast vom *quake*, dachte sie.

Elena blickte zur Tür und schluckte.

Der Mann drehte sich herum.

Robert!

Piper stockte der Atem. Woher kannten sich die beiden? Steckten sie vielleicht unter einer Decke?

Piper schritt auf den Tisch zu, fest entschlossen, das herauszufinden. »Na so was, wenn das nicht ein interessanter Zufall ist«, sagte sie.

Elenas Augen weiteten sich. »Sie!«, schrie sie auf und raffte hektisch ihre Karten zusammen.

»Warten Sie doch!«, sagte Piper. »Ich möchte mich nur mit Ihnen unterhalten.«

Doch Elena war bereits von ihrem Stuhl aufgesprungen, hob ihn nun hoch und schleuderte ihn in Pipers Richtung. Dann hetzte sie durch die Hintertür hinaus.

Piper machte einen Satz zur Seite, und der Stuhl verfehlte sie nur um Zentimeter. Mit einem flüchtigen Seitenblick auf Robert sprang Piper über den Stuhl und lief der Wahrsagerin hinterher.

Als sie ins Freie stürmte, sah sie gerade noch, wie Elena in ein grünes Auto sprang. Instinktiv ließ Piper ihre Hände emporschnellen und hielt die Zeit an. Sie lief zu dem Auto und versuchte, die Tür aufzureißen.

Sie war verschlossen!

Sie fluchte leise. Wenn sie doch nur nach draußen gekommen wäre, bevor Elena die Tür verriegelt hatte.

Die Zeit lief weiter.

Elena startete den Motor und raste die Straße hinunter.

Piper fühlte, wie wütende Enttäuschung in ihr aufstieg. Sie hatte gerade die beste Chance verpatzt, herauszufinden, was mit Prue passierte.

Da fiel ihr Robert wieder ein. Wenn sie schon keine Antworten von Elena bekam, dann würde er ihr ein paar Fragen beantworten müssen.

Sie lief ins Restaurant zurück, aber der Tisch in dem Hinterzimmer war leer.

Robert war verschwunden.

Phoebe stand an der Küchenspüle und hielt Pipers Handy in der Hand. Sie konnte kaum fassen, dass ihre Schwester vergessen hatte, es mitzunehmen. Piper hatte versprochen, Phoebe anzurufen, sobald sie irgendetwas herausgefunden hatte. Und Phoebe hielt es einfach nicht mehr aus – diese Ungewissheit machte sie langsam wahnsinnig!

Wer ist Lascaris? Wo ist er jetzt? Diese Fragen gingen ihr immer wieder durch den Kopf. Okay, dachte Phoebe, während sie damit begann, unruhig auf und ab zu gehen. Wie sehen die Tatsachen aus? Er ist ein Hexer aus dem achtzehnten Jahrhundert. Er ist besessen von einem unheimlichen Stoß Tarot-Karten. Er hat schwarze Haare und durchdringende blaue Augen. Er ist Franzose …

Phoebe schluckte. Ihr kam plötzlich ein furchtbarer Gedanke. Was, wenn Robert Lascaris war?

Auf eine verdrehte Art und Weise würde das Sinn ergeben. Vielleicht hatten die Probleme gar nicht mit der Tarot-Sitzung angefangen. Vielleicht hatten sie in Wirklichkeit schon früher begonnen – als Robert an ihrem Tisch stehen geblieben war. Er hatte Prues Hand geküsst.

Und Küsse waren der Schlüssel zu Lascaris Macht.

Zugegeben, das war noch nicht viel, aber es war alles, was Phoebe bis jetzt in Händen hatte.

Sie blieb stehen. Die möglichen Szenarios, die ihr durch den Kopf gingen, machten sie ganz verrückt. Robert, Lascaris, Elena, Prue.

Wie hing das alles zusammen? Irgendwie waren sie alle in die Sache verstrickt, aber Phoebe hatte keine Ahnung, wie sie das Netz der Magie entwirren sollte, das so einen starken Einfluss auf ihre Schwester ausübte.

Sie schüttelte das Handy in ihrer Hand. »Piper, warum hast du dein Telefon nicht mitgenommen? Ich muss wissen, was du herausgefunden hast, damit ich weiß, was ich tun kann.«

Frustriert stieg sie die Treppen zu Prues Zimmer hinauf. Leise öffnete sie die Tür und schlüpfte hinein.

Prue lag auf ihrem Bett und schlief. Phoebe konnte gar nicht fassen, wie bleich ihre Schwester geworden war.

Phoebes Herz wurde von eiskalter Furcht ergriffen. Sie fühlte sich so unglaublich hilflos, so unsagbar nutzlos. Was nützt mir meine Gabe, in die Zukunft sehen zu können, wenn ich damit nicht einmal jemandem helfen kann, den ich liebe?

Aus den Augenwinkeln nahm sie etwas wahr, das ihre Aufmerksamkeit auf sich lenkte. Ein Stückchen Papier, das neben dem Telefon auf dem Nachttisch lag. Sie griff danach. Piper hatte Prue eine Nachricht hinterlassen, Robert anzurufen. Phoebe blickte auf die Telefonnummer.

Ohne weiter darüber nachzudenken, griff sie nach dem Telefon und wählte die Nummer. Es klingelte und klingelte. Niemand nahm ab. Phoebe seufzte und legte wieder auf, beinahe erleichtert. Was hätte sie auch sagen sollen? »Hi, Robert, hier ist Phoebe. Ich habe mich gefragt, ob du vielleicht ein zwei- oder dreihundert Jahre alter Hexer sein könntest?«

Sie legte die Notiz wieder zurück und entdeckte Prues Einladung zu Lloyd Claibornes Silvesterparty. Sie ließ ihre Finger über die eingestanzten Buchstaben gleiten.

Lloyd Claibornes Party, dachte sie. Elena, Robert und Prue – sie alle waren da gewesen. Lagen vielleicht in Claibornes Anwesen ein paar Antworten auf dieses Rätsel?

Phoebe war sich nicht sicher, aber sie wusste ganz bestimmt, dass sie hier nicht noch länger untätig warten konnte. Sie musste einfach irgendetwas tun, um Prue zu helfen. Sie blickte wieder auf ihre Schwester. Prue schlummerte friedlich. Sie kommt wieder in Ordnung, dachte Phoebe.

Ich muss zu Claiborne gehen, entschloss sie sich. Ich weiß zwar nicht, was ich dort finden werde, aber mit etwas Glück und Konzentration kann ich vielleicht eine Vision erzwingen.

Das war kein besonders ausgefeilter Plan. Streng genommen war es überhaupt kein Plan. Aber im Augenblick war das alles, was sie tun konnte.

Piper blickte über den Barbereich des *Giovanni's*. Elegant gekleidete Gäste saßen an kleinen Cocktailtischen, auf denen edle Kerzen flackerten. Sie nippten an Kristallgläsern. Kein Wunder, dass Claiborne sich diesen Laden ausgesucht hatte, um seine Silvesterparty ausrichten zu lassen. Das Restaurant war einfach eine Wucht.

Ein Kellner huschte auf dem Weg zur Küche an ihr vorbei. Sie eilte ihm hinterher. »Entschuldigen Sie.«

Er blieb stehen und schaute sie an. »Kann ich Ihnen helfen?«

»Haben Sie auf der Silvesterparty von Lloyd Claiborne gekellnert?«, fragte sie.

»Nein, Gott sei Dank nicht.«

»Warum sagen Sie das?«, fragte sie erstaunt.

»Weil alle Kellner, die dabei waren, krank geworden sind. Alle, außer John da drüben.« Er deutete auf einen Mann im Smoking, der in einer entfernten Ecke gerade eine Bestellung aufnahm.

»Danke«, sagte Piper und war froh, dass sie jemanden gefunden hatte, der auf der Party war. Sie wartete ungeduldig, bis John die Bestellung notiert hatte, und trat vor ihn, als er gerade in die Küche gehen wollte. »Entschuldigen Sie bitte, aber ich habe gehört, dass Sie bei Claibornes Party gekellnert haben.«

Er blickte sie unsicher an und trat nervös von einem Fuß auf den anderen. »Geht es um diese Typen, die alle krank geworden sind?«, fragte er.

Piper nickte. »Ich interessiere mich besonders für die Gäste. Können Sie sich bei einem von ihnen an irgendetwas Besonderes erinnern?«

Der Kellner schüttelte den Kopf. »Es waren eine Menge Leute da.«

»Ist Ihnen irgendetwas Ungewöhnliches aufgefallen?«, fragte sie, wobei sie ihm absichtlich nicht verriet, auf was sie aus war. Es würde ihr nichts nützen, wenn sie seine Antwort irgendwie beeinflussen würde.

Er runzelte die Stirn. »Na ja, da war diese Lady mit den schwarzen Schals. Sie hat ein paar Gästen die Tarot-Karten gelegt. Und dann war da noch dieser Feger in dem roten Kleid.«

Piper konnte förmlich hören, wie die Alarmglocken in ihrem Kopf schrillten. Prue hatte erwähnt, dass alle auf der Party Schwarz getragen hatten – außer ihr. Sie war zweifellos diejenige, die das rote Kleid getragen hatte, aber was sollte daran ungewöhnlich sein? »Warum erinnern Sie sich gerade an die Frau im roten Kleid?«

Der Kellner zuckte mit den Achseln. »Nach Mitternacht hat sie jeden geküsst, den sie in die Finger kriegen konnte – alle, außer mich. Obwohl ich jetzt natürlich froh bin, dass sie es nicht getan hat.«

Pipers Augen verengten sich. »Warum sind Sie froh darüber?«

»Weil ich der einzige Kellner auf der Party bin, der jetzt nicht krank ist.« Er lachte. »Alle anderen liegen mittlerweile im Krankenhaus.« Er zwinkerte ihr zu. »Vielleicht hat sie eine ansteckende Krankheit mit sich herumgetragen. Sie wissen schon, wie so eine richtige Bazillenschleuder – sie könnte daran schuld sein, dass jetzt alle Kerle, die auf Clairbornes Party waren, krank sind.«

Er hält das geradezu für einen Witz, dachte Piper verblüfft. Aber vielleicht hat er gerade die Verbindung aufgedeckt, die ich suche. Prue hatte die Kellner geküsst, und danach sind sie krank geworden … sie hatte auch Billy geküsst, und auch er war krank geworden … Pipers Herz raste plötzlich. Und der Typ vom Lieferdienst. Ich habe ihn im Krankenhaus gesehen, nachdem er Prue geküsst hatte.

Lascaris!

Es stimmt also doch. Der Hexer war irgendwie entkommen und hatte Prue in den Bann seiner Magie gezogen. Er benutzt genau dieselben bösen Kräfte, die er schon vor Jahrhunderten angewendet hat! Piper fühlte, wie kalte Angst von ihr Besitz ergriff. »Danke«, sagte sie zu dem Kellner. »Sie haben mir wirklich sehr geholfen.«

»Jederzeit«, antwortete er und ging in die Küche.

Sobald er außer Sichtweite war, rannte Piper zur Tür. Ein paar Straßen vom Restaurant entfernt durchwühlte sie ihre Handtasche und suchte nach ihrem Handy. Mit einem Aufstöhnen erinnerte sie sich genau daran, wo es war – zu Hause auf der Küchenanrichte. »Dumm, dumm, dumm«, sagte sie leise zu sich selbst. Sie durchsuchte noch einmal ihre Handtasche. Sie hatte nicht einmal Kleingeld für eine Telefonzelle.

Sie würde also nach Hause fahren müssen, um Phoebe alles zu erzählen. Piper wollte gerade zurück ins Restaurant laufen, als ein neuer Gedanke sie zum Stehen brachte. Jake! Sie hatten doch heute eine Verabredung im *Presidio*-Park. Piper blickte auf ihre Uhr und stieß einen Seufzer aus. Sie konnte ihn nicht einmal anrufen, um das Date abzusagen. Er wartete wahrscheinlich schon am Treffpunkt auf sie!

Ich kann ihn nicht zum zweiten Mal sitzen lassen, entschied sie. Voller Panik raste sie zum *Presidio*. Mit klopfendem Herzen sprang sie aus ihrem Wagen. Wie sollte sie Jake nur erklären, dass sie –

Und dann sah sie ihn, auf einer Decke in der Nähe eines großen Baumes sitzend. Er griff gerade in einen Korb und holte ein Picknicksandwich heraus.

Pipers Herz machte einen Sprung. Sie konnte kaum glauben, dass er sich nach all den Enttäuschungen noch so viel Mühe gemacht hatte.

Dann sah er sie, schenke ihr ein strahlendes Lächeln und sprang auf die Füße. »Piper!«, rief er fröhlich.

»Oh, Jake«, sagte sie, und es tat ihr jetzt schon Leid, ihm sagen zu müssen, dass sie nicht bleiben konnte. Sie überquerte die Wiese, und ihre Brust fühlte sich an wie zugeschnürt. Sie wollte Jake nicht wehtun, aber sie wusste auch, dass sie ihm unmöglich alles erklären konnte. Ihre Beziehung hatte ja noch nicht einmal richtig begonnen. Es war noch viel zu früh, um ihn in ihr größtes Geheimnis einzuweihen.

»Hey, schöne Frau«, sagte er, als sie näher kam.

Schöne Frau. Er sagte das mit einer solchen Aufrichtigkeit, dass es ihr fast wehtat. Piper wünschte, dass sie ihn nicht schon wieder enttäuschen würde müssen, aber sie musste einfach zurück nach Hause. Sie musste Phoebe sagen, dass Prue definitiv unter Lascaris' Zauberbann stand. Aber wie hatte das nur passieren können? Wann hatte Lascaris die Kontrolle über Prue übernommen?

In Gedanken verloren stolperte sie über einen Stein. Mit einem erschrockenen Aufschrei verlor Piper das Gleichgewicht und stürzte. Alles, was sie noch sah, war ein großer Blaubeerkuchen, der genau auf ihr Gesicht zukam.

Im letzten Augenblick griffen zwei starke Arme nach ihr und bremsten ihren Sturz. Dann stand sie genau vor Jake und starrte errötend auf seine Brust.

Er hob mit seinem Finger sanft ihr Kinn an, bis sie ihm in die Augen blickte, und grinste. »Hey, nicht so stürmisch.«

Sie lachte beschämt auf. »Weißt du, eine Tarot-Kartenlegerin hat mir prophezeit, dass ich dieses Jahr auf mich aufmerksam machen würde, aber ich hatte mir das irgendwie anders vorgestellt.«

Jake zog sie noch ein Stückchen näher heran. »Tja, meine Aufmerksamkeit hast du ganz sicher.«

Er senkte seinen Kopf.

Er will mich küssen, durchfuhr es Piper. *Und ich will es auch.* Sie legte ihren Kopf zurück und wartete darauf, dass seine Lippen die ihren berühren würden. *In meinem ganzen Leben habe ich mir noch nie einen Kuss so gewünscht …*

Dann riss Piper sich urplötzlich los – eine Sekunde bevor

Jake sie küssen konnte. Etwas war ihr plötzlich wieder eingefallen. Etwas sehr Wichtiges. »Ich kann nicht bleiben«, platzte es aus ihr heraus.

Jakes Kopf zuckte zurück, als ob sie ihn geohrfeigt hätte. »Was? Warum denn?«

»Ich muss … noch etwas erledigen.«

Er ließ sie los. »Willst du Billy besuchen?«

»Nein. Das ist es nicht.« Sie sah die Enttäuschung in seinen Augen und wünschte sich verzweifelt, ihm mehr verraten zu können. »Es tut mir wirklich Leid. Ich kann es nicht erklären …«

»Mach dir deshalb keine Sorgen. Ich stelle mir einfach vor, dass ich in einem Film mitspiele, in dem der Held und die Heldin ein gemeinsames Picknick veranstalten wollen. Und dann lässt sie ihn plötzlich sitzen«, sagte er mit bitterem Unterton.

Piper wusste, dass sie ihn schon wieder verletzt hatte. Wenn das alles vorbei ist, werde ich das alles wieder gutmachen, schwor sie sich selbst. »Es tut mir wirklich Leid«, wiederholte sie und eilte zu ihrem Auto. Sie musste nach Hause, zu Phoebe und Prue.

Warum bin ich nicht schon früher darauf gekommen?, fragte sie sich. Was immer Prue umbringt, es hatte alles mit diesem Neujahrskuss am Silvesterabend begonnen!

12

WIE DURCH EINEN IMMER enger werdenden Tunnel beobachtete Prue, wie die Schatten des Spätnachmittags langsam in ihr Zimmer krochen. Sie kämpfte mit den Tränen und versuchte, sich nicht ganz in diesem grenzenlosen Schrecken zu verlieren.

Weder Phoebe noch Piper hatten seit einer Weile nach ihr gesehen. Sie hatte Angst, dass beide gegangen sein könnten und sie ganz allein im Haus war. Sie fürchtete, dass niemand merken würde, wie sie quälend langsam starb.

Sie spürte keine Schmerzen, sondern nur, wie ihr das Leben ganz langsam ausgesaugt wurde.

Sie versuchte, sich aufzusetzen, aber ihre Muskeln verweigerten ihr den Dienst. So konnte sie nur so regungslos in ihrem Bett verharren, wie sie schon bald in ihrem Grab liegen würde.

Unfähig, sich zu bewegen, unfähig, die weichen Kissen zu spüren, unfähig, irgendjemandem mitzuteilen, dass sie den Sargdeckel nicht schließen durften!

Sie fühlte eine seltsame Leichtigkeit, so als ob nichts außer ihrer Seele existieren würde, als ob ihr Körper den Kampf längst aufgegeben und sich dem Unvermeidbaren gefügt hätte.

Sie versuchte zu schreien, zu sprechen, zu stöhnen, aber selbst wenn ihre Versuche von Erfolg gekrönt sein sollten, bekam sie nichts davon mit. Ihr Ohren nahmen nichts mehr wahr, nichts außer der völligen Stille.

Sie konnte die Blütenmischung nicht riechen, die in einer Keramikschale auf ihrer Kommode stand. Sie konnte den sanften Duft nicht riechen, der normalerweise die Bettlaken umgab, weil Phoebe immer einen Limonen-Weichspüler benutzte.

Der Tunnel wurde enger, ihr Blickfeld wurde schmaler und schmaler. Sie wagte nicht, ihre Augen zu schließen, denn sie hatte Angst, dass sie, wenn sie sie dann wieder öffnen würde, nur noch das sah, wie mit geschlossenen Augen – Dunkelheit.

Sie konzentrierte sich auf das Licht, das durch das Fenster fiel. Sie sah immer weniger Sonnenstrahlen, aber nicht, weil es womöglich dämmerte, sondern weil der Tunnel ihres Blickfeldes immer schmaler wurde.

Die Alltagswelt verblasste langsam, und sie musste voller Angst feststellen, dass Elenas Prophezeiung wahr wurde. Wie lange noch?, fragte sie sich. Wie lange wird es noch dauern, bis ich vollständig von Dunkelheit umgeben bin?

»Normalerweise empfange ich keine unangemeldeten Gäste«, sagte Lloyd Claiborne, als Phoebe in die große Eingangshalle trat.

Beim Anblick der riesigen Dimensionen stockte ihr der Atem. Kein Wunder, dass Prue unbedingt auf diese Party gewollt hatte. Sie muss sich hier vorgekommen sein wie im Paradies, umgeben von diesen ganzen antiken Möbeln und Kunstwerken.

Phoebe ballte ihre Hände zu Fäusten zusammen. Kommt schon, ihr Visionen, dachte sie. Lasst mich nicht hängen. Prue ist hier gewesen. Sagt mir, was ich wissen muss.

Sie drehte sich wieder zu Claiborne. »Tut mir Leid, dass ich so unangemeldet hier hereinplatze, aber Prue ist krank, und ich habe ein paar Fragen zu Ihrer Silvesterparty.«

Er seufzte tief. »Jeder hat Fragen dazu. Ich bereue langsam, dass ich dieses Fest überhaupt gegeben habe. Und ich hoffe natürlich, dass es Prue bald wieder besser geht. Was würden Sie denn gerne wissen?«

»Erinnern Sie sich noch an einen Gast namens Elena?«, fragte sie, um so schnell wie möglich zum Kern der Sache zu kommen.

Er kräuselte nachdenklich die Lippen und schüttelte dann den Kopf. »Der Name sagt mir gar nichts. Wenn sie tatsächlich hier war, dann muss sie als Begleitung eines anderen Gastes gekommen sein.«

»Und was ist mit Robert Galliard?«

»Ah, Robert, natürlich, ihn kenne ich gut.«

Sie sah, wie Claibornes Augen voller Respekt aufblitzten, und begriff, dass sie sehr vorsichtig sein musste, um keinen Verdacht zu erregen. Arbeitete Claiborne etwa mit Robert zusammen?

»Ich habe Robert erst kürzlich kennen gelernt«, sagte Phoebe. »Prue erzählte mir, dass er Antiquitätenhändler ist.«

»Einer der besten«, versicherte Claiborne ihr.

»Ich mache seit zehn Jahren mit Robert Geschäfte. Kommen Sie doch mit in die Bibliothek, dann zeige ich Ihnen das Schachspiel, das ich von ihm gekauft habe – es ist aus Kristall und Topas, ein wirklich einzigartiges Stück.«

Ich will dein dummes Schachspiel nicht sehen, dachte Phoebe. Ich will herausfinden, was auf deiner Party passiert ist.

Doch in der Hoffnung, durch das Schachspiel auch etwas über Robert zu erfahren, folgte sie Claiborne über eine breite Treppe in das Zwischengeschoss.

Durch eine offene Tür auf der linken Seite konnte Phoebe mit Bücherregalen bedeckte Wände sehen. Sie gingen an einer Glasvitrine vorbei, und ihr Blick fiel auf drei funkelnde Halsketten, die darin ausgestellt waren.

Phoebe stockte der Atem, und sie blieb stehen. Ihr Blick fiel auf ein wunderschönes Collier mit einem funkelnden Smaragd in einer prachtvollen Goldfassung. Sie legte beide Hände auf die Glasvitrine und schloss ihre Augen.

Komm zu mir, Vision, befahl sie im Geist. Sie drückte die Hände fest gegen die Vitrine. Ich brauche eine Vision, dachte sie verzweifelt. Sieh etwas, Phoebe, sieh etwas!

Phoebe zog die Stirn in Falten, während sie sich darauf konzentrierte, Bilder herbeizuzwingen, die Prue vielleicht helfen konnten. Sie spürte, wie ihre Muskeln sich anspannten und ihre Schläfen anfingen, zu schmerzen.

»Sind Sie in Ordnung?«, fragte Claiborne.

Phoebe riss die Augen auf und blickte ihn an. »Ich … äh … ich habe nur diesen Schmuck bewundert.«

Er lächelte. »Mit geschlossenen Augen?«

Sie holte tief Luft und rieb sich die Schläfen. Ich werde für den Rest des Tages Kopfschmerzen haben, dachte sie. »Ich habe mir nur vorgestellt, wie er an mir aussehen würde«, improvisierte sie.

»Ganz bezaubernd, da bin ich mir sicher«, antwortete er. »Sie haben vorhin nach Robert gefragt. Er will gerade diese Smaragd-Halskette für seinen Laden in Frankreich kaufen.«

»Wissen Sie irgendetwas über ihre Geschichte?«, fragte Phoebe auf der Suche nach einem Hinweis, der ihr vielleicht weiterhelfen könnte.

Er zuckte mit den Schultern. »Nun, sie stammt aus Frankreich und ist wenigstens dreihundert Jahre alt. Das ist eigentlich alles, was ich weiß – abgesehen vom Schliff und dem Gewicht des Steins.«

Frankreich?, wiederholte Phoebe in Gedanken. Wie Lascaris und Robert.

»Kommen Sie, ich zeige Ihnen das Schachspiel«, sagte Claiborne und führte sie in die Bibliothek.

Obwohl Phoebes Kopfschmerzen immer stärker wurden, versuchte sie, sich auf das Schachspiel zu konzentrieren. Sie bewegte sogar einen Läufer aus Kristall und eine Königin aus Topas über das juwelenbesetzte Brett. Aber abgesehen davon, dass das Schachspiel wirklich wunderschön war, ging nichts davon aus. Keine Visionen, keine Schwingungen. Nichts über Robert.

Sie schüttelte den Kopf und presste ihre Finger gegen die Schläfen. »Tut mir Leid«, sagte sie zu Lloyd Claiborne. »Ich habe rasende Kopfschmerzen. Ich muss jetzt gehen. Vielen Dank für Ihre Hilfe.«

Sie ging aus dem Raum und kam wieder an der Glasvitrine vorbei. In ihrem Kopf hämmerten die Schmerzen. Dann blitzte ein blendendes Licht vor Phoebes Augen auf. Ein elektrischer Stoß durchzuckte sie. Ich habe es geschafft!, begriff sie. Eine Vision! Phoebe schloss die Augen – und vor ihrem inneren Auge erschienen endlich die Bilder:

Prue, verschlungen in einer leidenschaftlichen Umarmung mit einem Mann in einer Robe.

Eine Robe, verziert mit den Symbolen der Karte des Schwarzen Turms.

Sie küssen sich.

Er lässt sie wie ein lebloses Bündel zu Boden fallen.

Die Turmkarte aus Elenas Kartenstoß fällt langsam herunter.

Sie landet auf Prues Lippen.

Ein letzter Todeskuss …

Phoebe erwachte aus ihrer Trance, erschüttert bis ins Mark.

Die Bedeutung dieser Vision war ihr nicht ganz klar. Nur eins war sicher. Ich muss zurück nach Hause, erkannte Phoebe schlagartig. Prue bleibt nicht mehr viel Zeit!

13

PHOEBE STAND NEBEN Prues Bett, und beim Anblick ihrer Schwester verkrampfte sich ihr Herz. Prue starrte mit tief in die Höhlen eingesunkenen Augen zurück.

Sie konnte kaum wahrnehmen, wie sich Prues Lippen bewegten. Sie beugte sich hinunter, bis ihr Ohr fast Prues Lippen berührte.

»Dunkelheit«, krächzte Prue.

»Du redest nicht von der Nacht, oder?«, fragte Phoebe, und die Tränen brannten in ihren Augen. »Du bist von Dunkelheit umgeben.«

Prue schloss die Augen, erleichtert, dass Phoebe sie verstanden hatte.

»Keine Angst, Prue«, sagte Phoebe mit einer Zuversicht, über die sie selbst erstaunt war. »Piper und ich wissen, was hinter der ganzen Sache steckt, und wir werden einen Weg finden, es aufzuhalten. Du musst durchhalten.«

Damit stürmte sie aus dem Schlafzimmer hinaus und rannte die Stufen zum Dachboden hinauf. Sie griff nach dem *Buch der Schatten* und suchte nach der Seite, auf der Lascaris beschrieben wurde. Wieder las sie die Worte, diesmal ganz langsam, um herauszufinden, ob dahinter vielleicht eine versteckte Bedeutung verborgen war.

Die Geschichte schien ganz klar und einfach zu sein, aber irgendwo musste es doch einen Hinweis auf die Lösung geben. Er war eingesperrt gewesen und hatte sich irgendwie befreien können.

Aber wo war sein Gefängnis gewesen? Wer hatte ihn dort eingesperrt? Und wie hatte er es geschafft, sich wieder befreien zu können?

Okay, dachte Phoebe. Versuchen wir mal, das Pferd von hinten aufzuzäumen. Wer von den Männern, die Prue geküsst hatte, ist nicht krank geworden? Ein mitternächtliches Phantom und Robert. Könnten die beiden in Wirklichkeit ein und derselbe sein? Oder war dieses Mitternachtsphantom auch krank geworden, und sie wussten es nur nicht, weil sie keine Ahnung hatten, wer es war?

Robert war nicht krank. Das wusste sie.

Vielleicht war Claiborne ja Lascaris. Schließlich war es seine Party gewesen. Er hatte die Gästeliste zusammengestellt. Er hatte Prue eingeladen. Aber hatte er sie auch geküsst?

So viele offene Fragen – wer, was, warum und wann. Wie sollte sie jemals eine Antwort finden?

Plötzlich stürmte Piper durch die Tür auf den Dachboden, und Phoebe hätte vor Schreck fast der Schlag getroffen.

»Ich habe die Verbindung zwischen den kranken Männern auf den beiden Silvesterpartys gefunden«, sagte Piper atemlos. »Prue hat sie alle geküsst. Also muss der Zauber – oder was immer es ist – mit dem Kerl angefangen haben, der Prue diesen Neujahrskuss gegeben hat.«

Phoebe nickte zustimmend. »Ich war bei Claiborne und hatte eine Vision. Ich sah, wie Lascaris Prue geküsst hat. Er hat ihr das Leben ausgesaugt.«

»Was bedeutet, dass er sich befreien konnte«, folgerte Piper. »Vielleicht steht er irgendwie in Verbindung mit Claiborne oder seinem Haus«, sagte Phoebe. »Vielleicht hatte ich deshalb genau dort eine Vision.«

»In deiner Vision«, fragte Piper aufgeregt, »hast du da gesehen, wie er entkommen konnte?«

»Nein«, musste Phoebe zugeben. »Und ich habe auch keine Ahnung, wie man einen Bannspruch über ...« Sie brach mitten im Satz ab und machte vom *Buch der Schatten* fort einen erschrockenen Sprung zurück. Die Seiten des Buches blätterten sich in rasendem Tempo selbst um. »W-w-was macht es da?«, fragte sie.

Piper sprang zu dem Buch. »Es muss einen Grund dafür geben«, sagte sie. »Es versucht, uns irgendetwas mitzuteilen!«

Phoebe trat vorsichtig wieder näher an das Podium heran. Sie starrte auf die Seite, die das Buch von selbst aufgeschlagen hatte. Darauf war eine Halskette abgebildet – ein wunderschöner ovaler Smaragd, der in Gold eingefasst war.

»Das macht mir jetzt echt eine Gänsehaut«, sagte Phoebe. »Genau diese Halskette hat Claiborne mir gezeigt. Er verkauft sie Robert für seinen Laden in Frankreich!«

Phoebes Herz klopfte wie wild, als sie die Zeilen unter dem Bild las. »Hier steht, dass diese Smaragd-Halskette einst einer Hexe gehörte, die mit einem mächtigen Hexenmeister namens Lascaris kämpfte. Die Hexe nahm Lascaris im Inneren dieses Smaragds gefangen – und zwar mit einem Zauber, der dem Hexer nur einmal in jedem Jahrhundert die Chance gibt, zu entkommen. Um eine Minute nach zwölf in der Silvesternacht.«

Phoebe drehte sich mit wachsender Aufregung zu Piper um. »Okay, jetzt weiß ich genau, was passiert ist. Lascaris – uns besser bekannt als Robert – konnte auf Claibornes Party irgendwie aus dieser Halskette entkommen!«

Piper schüttelte den Kopf. »Nein, das kann nicht sein, Phoebe. Wir haben Robert schon an dem Nachmittag vor der Party getroffen, also kann er nicht Lascaris sein. Und Claiborne kann es auch nicht sein, weil Prue sagte, dass sie schon lange mit ihm Geschäfte macht.«

»Aber wer ist dann Lascaris?«

»Jemand, den wir nicht kennen, jemand, den wir vor zwölf Uhr in der Silvesternacht noch nie gesehen haben«, sagte Piper voller Überzeugung.

Phoebe hörte, wie Prue in ihrem Zimmer laut stöhnte – und ein furchtbarer Gedanke schoss ihr durch den Kopf. Sie flüsterte: »Vielleicht ist es auch jemand, den wir überhaupt nicht sehen können.«

»Wie meinst du das?«, fragte Piper.

Phoebe ergriff Pipers Schultern. »Ich hatte meine Vision, während ich bei Claiborne war und in der Nähe dieser Vitrine stand, in der die Halskette lag. Was, wenn Prue um Mitternacht an genau derselben Stelle stand? Erinnere dich, sie hat gesagt, dass plötzlich die Lichter ausgingen. Sie küsste jemanden, und als das Licht wieder anging, war niemand mehr da.«

Piper starrte sie an. »Willst du damit etwa das sagen, was ich glaube?«

»Lascaris' Seele ist um Mitternacht aus der Halskette entkommen und durch den Kuss irgendwie in Prue geschlüpft!«

Phoebe sah zu, wie Piper anfing, aufgeregt auf und ab zu gehen. »Okay, betrachten wir die Dinge doch mal vernünftig.«

»Wir haben es hier mit einem uralten Hexer zu tun, Piper. Das hat mit Vernunft nicht das Geringste zu tun«, stellte Phoebe klar. »Lascaris war für Gott weiß wie lange Zeit in diesem Smaragd gefangen. Er war wahrscheinlich sehr schwach, als er entkam – zu geschwächt, um selbst die Lebenskraft zu sammeln, die er braucht, um in der Welt außerhalb des Steins zu überleben. Also zwingt er Prue dazu, alle möglichen Männer zu küssen, und durch diese Küsse stiehlt er ihnen ihre Kraft. Und deshalb wird auch fast jeder, den sie küsst, kurz darauf krank. Aber je stärker Lascaris wird, desto schwächer wird Prue – denn sie ist ja eine Art Energieleiter!«

Piper blieb stehen und runzelte die Stirn. »Hättest du dir nicht eine Theorie ausdenken können, die nicht ganz so kompliziert ist?«

Phoebe zuckte mit den Schultern »Tut mir Leid.«

»Okay, es ist also ziemlich kompliziert«, sagte Piper. »Und was tun wir jetzt?«

»Wir müssen einen Hexer einfangen, den wir nicht kennen«, erwiderte Phoebe. »Und wir brauchen diese Smaragd-Halskette.«

»Phoebe, wir könnten dafür ins Gefängnis kommen«, flüsterte Piper, als sie an Lloyd Claibornes Tür klingelte.

»Nur, wenn wir uns erwischen lassen«, beruhigte Phoebe sie, »und du wirst ja dafür sorgen, dass das nicht passiert.«

Ein Butler öffnete die Tür, und sofort ließ Piper mit einer Handbewegung die Zeit erstarren. Der Mund des Mannes stand offen. Der Luftzug hatte sein Toupet so angehoben, dass es ein Stück über seiner Glatze schwebte.

»Du gehst vor«, befahl Piper, »aber wir müssen uns beeilen. Ich weiß nie, wie lange die Zeitstarre anhält.«

Sie folgte Phoebe ins Haus. Gemeinsam huschten sie durch das Foyer und stürmten die Treppe ins erste Stockwerk hinauf. Das Tappen ihrer Schuhe auf dem Marmorfußboden war das einzige Geräusch, das zu hören war. Piper blickte sich hektisch um, und ihre Nervosität wurde größer.

Phoebe stoppte vor einer Glasvitrine. »Oh, nein«, stöhnte sie. »Das darf doch nicht wahr sein!«

»Was? Was ist denn los?«, fragte Piper, die Antwort fürchtend.

Phoebe schnellte herum. »Sie ist weg! Die Halskette ist weg.«

»Na großartig!«, flüsterte Piper wütend. »Und jetzt?«

»Jetzt können wir nur hoffen, dass Robert sie noch nicht mitgenommen hat und sie immer noch hier ist«, sagte Phoebe.

»Und wo sollen wir deiner Meinung nach suchen?«

»In Claibornes Bibliothek.«

»Warum gerade da?«

»Weil das der einzige Raum ist, den er mir sonst noch gezeigt hat!«

Phoebe klang jetzt panisch, und Piper entschloss sich, keine Fragen mehr zu stellen und nur noch nach der Halskette Ausschau zu halten. Sie folgte Phoebe in die Bibliothek und ging dabei an einer alten Standuhr vorbei. Sie gab kein Ticken oder irgendein anderes Geräusch von sich. Obwohl sie diese Stille mit ihrer Kraft selbst verursachte, wurde Piper immer wieder davon überrascht.

In der Bibliothek, hinter Claibornes ausladendem Schreibtisch, öffnete Phoebe panisch alle Schubladen und durchwühlte die Papiere, die darin lagen.

Piper trat vorsichtig näher – und bemerkte ein großes, mit Samt bezogenes Kästchen, das an einer Ecke des Schreibtisches lag. Sie öffnete es und blickte auf eine atemberaubende Smaragd-Halskette. »Suchst du vielleicht das hier?«, fragte sie.

Phoebe blickte auf und stieß einen Seufzer der Erleichterung aus. »Er muss sie gerade fertig gemacht haben, um sie an Robert zu verkaufen.«

»Was bedeutet, dass wir nicht mehr viel Zeit haben«, erinnerte sie Piper. »Verschwinden wir von hier.«

Piper nahm die Halskette aus dem Samtkästchen und umschloss sie fest mit ihrer Hand. Dann stellte sie das leere Kästchen wieder an seinen alten Platz auf die Schreibtischecke. Keine Sekunde später rasten die Schwestern aus der Bibliothek und durchs Foyer, als wäre ihnen der Teufel persönlich auf den Fersen.

Piper fühlte sich ganz schwindelig vor Erleichterung, als sie das Anwesen hinter sich gelassen hatten und in ihr Auto stiegen, endlich in Sicherheit. »Wir haben es geschafft!«, rief sie.

»Fahren wir zurück zu Prue«, entgegnete Phoebe.

Als Piper ihren Wagen zurück zum Haus der Halliwells lenkte, kehrte die Zeit wieder in ihren Normalzustand zurück. Sie parkte vor dem Haus, und ihr Herz rutschte ihr beinahe in die Hose. Auf der Veranda vor der Haustür stand Jake.

»Wir haben Besuch«, sagte Phoebe.

»Und er hätte sich gar keinen schlechteren Zeitpunkt aussuchen können«, ergänzte Piper geknickt. Sie wusste, dass sie keine Wahl haben würden, als ihn zum Gehen aufzufordern. Prue war einfach wichtiger.

»Du musst ihn loswerden, und zwar schnell«, sagte Phoebe.

»Schon klar«, antwortete Piper und gab Phoebe die Smaragd-Halskette. Dann stieg sie aus dem Wagen und ging auf das Haus zu.

Mit einem Grinsen auf dem Gesicht schlenderte Jake ihr entgegen.

»Piper, uns bleibt nicht viel Zeit«, flüsterte Phoebe. »Ich werde schon alles vorbereiten.«

Piper sah zu, wie ihre Schwester ins Haus huschte. Jake blickte Phoebe überrascht an. »Warum hat sie es so eilig? Wo brennt's denn?«

»Nirgends«, sagte Piper zu ihm. »Wir ... müssen uns nur ganz dringend um ein paar wichtige Dinge kümmern.«

»Ich schätze, dies ist ein schlechter Zeitpunkt, um so unangemeldet aufzutauchen, oder?«

Das ist die Untertreibung des Jahres, dachte Piper.

»Mir gefiel nicht, wie unser Picknick endete«, sagte Jake leise.

»Mir auch nicht«, gab Piper zurück.

Er griff nach ihrer Hand, und sie fühlte, wie eine angenehme Wärme sie durchflutete. Er blickte sie an. »Ich mag dich, Piper. Ich möchte dich besser kennen lernen.«

»Ich dich auch, aber ...«

»Wenn ich hier meine Zeit verschwende, dann sage es mir bitte einfach.«

»Das tust du nicht. Ich mag dich auch«, antwortete Piper. »Sogar sehr.«

»Unsere Verabredungen sind immer zu Ende, bevor sie überhaupt richtig angefangen haben.« Er streichelte mit seiner Hand sanft über ihre Wange und fuhr mit seinem Daumen über ihre Lippen. Sie fingen an, zu pochen. »Ich muss

Tag und Nacht an dich denken. Ich stelle mir immer vor, wie es wohl sein muss, dich zu küssen.«

Piper schluckte.

»Hättest du etwas dagegen, wenn ich dich jetzt küssen würde?«, fragte er.

Ein Lächeln machte sich langsam auf Pipers Lippen breit. Jake nahm ihr Gesicht zwischen beide Hände und beugte seinen Mund zu ihrem hinunter.

»Piper, ich brauche dich hier«, rief Phoebe. »Sofort!«

Piper riss sich los und fühlte nur das Flüstern seiner Lippen, die ihre berührten. Sie blickte auf das Haus hinüber. Phoebe lehnte sich aus Prues Fenster im ersten Stock.

Piper sah wieder zu Jake auf und hoffte, dass er noch einmal Verständnis haben und ihr verzeihen würde. »Ich muss gehen.«

»Stimmt irgendetwas nicht?«, fragte er. »Kann ich euch vielleicht irgendwie helfen?«

Piper wünschte sich, dass er wirklich etwas tun könnte, aber sie wusste, dass es auf seine Frage nur eine Antwort gab: »Nein, es ist alles in Ordnung. Das Ganze ist nur ... eine Sache unter Schwestern.«

Er nahm seine Hände von ihrem Gesicht und machte einen Schritt zurück. »Bist du sicher, dass das alles ist?«

»Jetzt komm schon«, rief Phoebe. »Es ist wichtig.«

»Bitte gib mich nicht auf, Jake, aber ich muss gehen und ich habe jetzt keine Zeit, alles zu erklären.«

Mit schmerzendem Herzen lief sie ins Haus und ließ ihn im Vorgarten stehen.

Sie eilte die Stufen zu Prues Zimmer hinauf. Dann blieb sie stehen und spürte einen Stich im Herzen, als sie ihre ältere Schwester im Bett liegen sah. Prues Haut hatte jede Farbe verloren. Sie schien nur noch aus Knochen zu bestehen. Ihre geschlossenen Augen waren von dunkelblauen Ringen umgeben. Ihr Atem war flach und röchelnd, als hätte sich eine Hand um ihre Kehle gelegt.

»Gehen wir zum *Buch der Schatten*«, sagte Phoebe.

Piper nickte nur und folgte Phoebe auf den Dachboden.

»Ein Zauberspruch«, murmelte Phoebe, als sie die Halskette auf der Ablage neben dem Buch platzierte. »Wir brauchen einen Zauberspruch, um seine Seele wieder in diesen Smaragd zu verbannen.« Sie blätterte hektisch die Seiten durch.

Phoebe stoppte und stieß einen tiefen Seufzer aus. »Ich habe einen gefunden. Hör zu.

›Das Leiden deiner Opfer, ihre höllische Qual,
lässt uns keine andere Wahl.
Um die Unschuldigen und die Schwachen zu schützen,
nehmen wir dir deine Kräfte,
bis sie dir nichts mehr nützen.
Für immer schließen wir dich ein,
nie mehr sollst unser Feind du sein.‹«

Piper spürte ein Gefühl der Erleichterung in sich hoch steigen. »Das klingt, als könnte es funktionieren. Was brauchen wir dafür?«

»Die Asche eines Feuers, Spinnweben, Salbei, einen Mistelzweig und Kerzen«, sagte Phoebe.

»Die Asche kann ich aus dem Kamin im Wohnzimmer holen«, sagte Piper. »Kerzen sind kein Problem, und Salbei habe ich in der Küche.«

»Ich kümmere mich um den Mistelzweig und die Spinnweben«, fügte Phoebe hinzu und blickte sich bereits auf dem Dachboden um. »Ich bin sicher, dass ich beides hier oben finden werde.«

»Und dann?«, fragte Piper.

»Ich weiß nicht«, entgegnete Phoebe. »›Die Macht der Zwei‹?«

14

Mit zunehmender Todesangst beobachtete Prue, wie ihr Tunnelblick sich immer weiter verengte, bis sie nur noch einen stecknadelkopfgroßen Lichtpunkt sehen konnte. Einen Moment später verschwand auch dieser letzte Funke.

Prue konnte den Raum um sich herum nicht mehr sehen. Aber eins erkannte sie jetzt ganz deutlich: Vor ihrem inneren Auge erblickte sie den geheimnisvollen Fremden. Er war realer als je zuvor.

Und er legte seine eiskalte Hand auf ihre Stirn.

»Es wird Zeit, dich in alles einzuweihen«, sagte er mit tiefer Stimme. »Du gehörst jetzt mir. Ich beherrsche dich.«

»Aber du hast gesagt, meine Küsse würden dir das Leben geben«, erinnerte sie ihn.

Er lachte nur. »Nicht, wenn ich dich küsse, sondern wenn du andere küsst. Durch dich bekomme ich die Lebenskraft dieser jungen Männer. Die Kraft, die mich am Leben erhält.«

Jetzt wurde Prue alles klar. Sie war es nicht gewesen, die vom Küssen so besessen war – er war es. Sie hatte sein Verlangen nach Lebensenergie gespürt und ihn damit genährt. Jedes Mal, wenn sie einen Mann geküsst hatte, hatte sie damit auch dieses Monster gefüttert!

»Robert«, sagte sie schwach.

Er knurrte und bewegte sich von ihr weg. »Er war stark. Er hätte mir viel geben können, aber du warst zu langsam. Du hast auf seinen Kuss gewartet. Danach war er nutzlos für mich.«

Ihre Abneigung gegen Robert war in Wirklichkeit seine Abneigung gewesen. Voller Reue erinnerte sie sich an die gemeinen Dinge, die sie zu Robert gesagt hatte. Würde er ihr jemals verzeihen?

Prue fühlte sich, als ob sie vom Gewicht ihrer eigenen

Scham erdrückt wurde. Von dem Augenblick an, in dem dieses Phantom sie geküsst hatte, hatte er sich wie ein Wurm durch ihren Verstand gefressen, hatte alle ihre Gedanken und Handlungen kontrolliert und zu seinen eigenen gemacht.

Mit erschreckender Klarheit wurde ihr plötzlich bewusst, dass sie zu schwach war, um seinen Zwecken noch dienen zu können. Er würde sie bald nicht mehr brauchen können. Und was am schlimmsten war – sie musste erkennen, dass er nicht der Mann ihrer Träume war, sondern ein schmarotzender Geist, der sich in ihrem Verstand eingenistet hatte und sich von ihr ernährte.

Er steckte in ihr, war ein Teil von ihr und hatte sie so lange von der realen Welt abgeschnitten, bis ihre ganze Welt nur noch aus ihm bestand.

Zum ersten Mal bemerkte Prue, dass er einen strahlend roten Umhang trug – in der Farbe von frischem Blut. Die in Gold gefassten, fremdartigen Symbole der Turmkarte verzierten seine Robe – die Symbole von Macht und Zerstörung.

Er glitt hinter einen großen goldenen Altar und streckte Prue seine Hände entgegen – Hände mit langen, dürren Fingern und krallenartigen Nägeln.

Rote Lichtringe erstrahlten um jeden seiner Finger, als er seine Hände über den Kopf hob. Aus den Ringen schossen Flammen hervor.

Als er lachte, funkelten seine Augen bösartig auf, und Prue wusste, dass sie nur eine Spielfigur gewesen war, die jetzt geopfert werden sollte.

Nein, dachte sie, während ihre Sinne immer mehr versagten. Ich werde mich nicht kampflos ergeben.

Aus dem Schatten, den die Kapuze des Umhangs auf sein Gesicht warf, brannten sich seine Augen in sie ein. Sie konnte nicht wegsehen. Er hatte die Macht, über diese Dunkelheit hinauszureichen – gesehen, gefühlt, gehört zu werden.

Nichts existierte mehr, außer dieser Welt. Nur durch ihn fühle ich mich noch lebendig, wurde ihr voller Schrecken klar.

Seine Macht jagte ihr Angst ein. Und trotzdem wusste sie, dass sie ihm noch ein letztes Mal von Angesicht zu Angesicht gegenübertreten würde – und zwar mit dem Letzten, was ihr noch geblieben war: mit ihrem dahinschwindenden Mut.

»Komm her zu mir!«, befahl er.

Seine Stimme drang zu ihr, nahm sie gefangen, legte sich um sie wie ein Leichentuch.

Ich werde nicht gehen, dachte sie. Ich werde nicht zulassen, dass das passiert.

Aber ihre Beine bewegten sich weiter. Sie schritt auf ihn zu.

Nein!, schrie ihr Verstand. Ich werde nicht zu dir gehen. Aber sie konnte sich selbst nicht davon abhalten, seinem Befehl zu gehorchen.

Sie konnte nicht verhindern, immer näher auf den goldenen Altar zuzugehen, wo er schon mit triumphierend funkelnden Augen auf sie wartete.

Mit Pipers Hilfe legte Phoebe Prue auf die alte Couch, die auf dem Dachboden stand. Phoebe war sich nicht einmal sicher, ob Prue überhaupt merkte, wie sie aus ihrem Zimmer getragen wurde.

Es war, als ob ihre Arme und Beine, ihr ganzer Körper bereits aufgegeben hätten. Prue war ohne Bewusstsein, und trotzdem murmelte sie ununterbrochen etwas vor sich hin.

Der Hexer hatte sie in eine Sphäre entführt, in der sie nicht mehr zu ihr vordringen konnten.

»Ich bin mir nicht sicher, ob dieser Zauberspruch funktionieren wird«, sagte Piper. »Ich weiß nicht mal, warum wir sie überhaupt hierher gebracht haben.«

»Wir brauchen ›die Macht der Drei‹, um den Hexer wieder in die Halskette zu verbannen«, sagte Phoebe. »Allein schaffen wir das nicht.«

Piper nickte. »Was soll ich zuerst tun?«

»Zeichne mit der Asche ein großes Oval auf den Boden. Dann legen wir Prue in die Mitte.«

Phoebe stellte Kerzen um das Oval herum auf, das Piper zeichnete. Als Piper damit fertig war, rieb Phoebe die Fläche mit Salbei ein.

»Für die Reinheit«, sagte Phoebe schnell.

Dann pflückte sie die roten Beeren aus dem Mistelzweig und platzierte sie um die Außenseite des Ovals.

»Wer sich liebt, trifft und küsst sich unter dem Mistelzweig. Jetzt wird er die Lebensenergie wiederherstellen, die der Hexer durch die Küsse geraubt hat.«

Dann legte sie die Spinnweben in den Mittelpunkt des Ovals. »Um unsere Beute zu fangen.« Sie trat wieder aus dem Oval heraus. »Na schön, legen wir Prue in den Mittelpunkt.«

Zusammen mit Piper trug Phoebe ihre bewusstlose Schwester in die Mitte des Ovals. Den Zauberspruch aus dem *Buch der Schatten* murmelnd, ging Phoebe von Kerze zu Kerze und entzündete einen Docht nach dem anderen, bis Prue von einem Kreis aus Flammen umgeben war. Dann nahm Phoebe die Smaragd-Halskette und legte sie auf Prues Brust, direkt auf ihr nur noch schwach schlagendes Herz.

»Und was, wenn es nicht funktioniert?«, fragte Piper mit zitternder Stimme.

»Denk nicht mal daran«, wies Phoebe sie scharf zurecht. »Uns geht die Zeit aus. Wir haben vielleicht nur diesen einen Versuch. Komm in das Oval und knie dich hin.«

Phoebe blickte auf Prues blasses Gesicht und fühlte, wie die Entschlossenheit in ihr wuchs. Kein Hexer wird mir meine Schwester wegnehmen, schwor sie still. Sie trat zu Piper in das Oval und kniete sich hin.

»Fassen wir uns an den Händen«, befahl Phoebe und griff nach einer von Pipers Händen und nach einer von Prue. »Und denke daran: Es ist nur die Seele eines Hexers. Eine Hexe allein hat es schon einmal geschafft, ihn einzuschließen. Diesmal hat er es gleich mit dreien zu tun, die ihn zurück in den Smaragd verbannen werden. Ich werde den Zauberspruch zuerst singen, dann werden wir ihn gemeinsam wiederholen.

Wenn Prue zu schwach ist, um ihn laut auszusprechen, kann sie ihn denken.«

Piper nickte, und Phoebe drückte ermutigend ihre Hand. Dann holte sie tief Luft und begann mit dem magischen Singsang.

Plötzlich wurde die Tür zum Dachboden aufgestoßen. Phoebe fuhr herum. Elena stand auf der Türschwelle, ihre schwarzen Schals umflatterten sie.

Zu Tode erschrocken ließ Phoebe die Hände ihrer Schwestern los und sprang auf die Füße. »Es ist genau wie in meiner Vision«, rief sie. »Sie ist hier, um Prue umzubringen!«

15

Elena!

Wie ist sie hier hereingekommen?, fragte sich Piper, und was will sie hier?

Piper stürmte mit Phoebe durch den Dachboden. Gemeinsam griffen sie nach Elenas Armen und drängten sie zurück gegen die Wand, weit weg von Prue.

»Ich bin hier, um Ihnen zu helfen«, rief Elena.

»Ja, sicher«, sagte Piper. »Wie sind Sie überhaupt hier hereingekommen?«

»Ich habe das Schloss an der Haustür geknackt.«

Piper starrte sie an. »Und Sie erwarten, dass wir Ihnen trauen?«

»Sie verstehen das nicht«, sagte Elena.

»Ich glaube schon«, fuhr Phoebe sie an.

Was jetzt?, dachte Piper voller Panik. Wir können sie nicht einfach gehen lassen. Und wir dürfen ganz sicher nicht zulassen, dass sie von unseren Kräften erfährt.

»Phoebe, kannst du sie festhalten?«, fragte sie.

Phoebe verstärkte ihren Griff auf die Kartenlegerin. »Fürs Erste.«

Piper eilte zu einer alten Truhe in einer Ecke des Dachbodens und zog ein paar Stricke hervor, die sie zurück zu Phoebe brachte.

Phoebe zwang Elena dazu, sich umzudrehen. Die Proteste der Frau ignorierend, drehte Piper ihre Arme auf den Rücken und fesselte die Hände mit dem Seil. Dann drehte sie Elena wieder um.

»Ich kann Ihnen helfen«, rief Elena wieder. »Ich muss Ihnen helfen. Es steht in den Karten.«

»Das Einzige, was in den Karten steht, ist, dass man Ihnen nicht trauen kann«, sagte Phoebe barsch.

»Ich schwöre Ihnen, dass ich hier bin, um zu helfen. Sie müssen mir glauben«, flehte Elena.

Piper blickte sie aufmerksam an. »Sie wollen, dass wir Ihnen vertrauen? Dann sagen Sie mir, warum Sie für Robert Galliard die Karten gelegt haben.«

Elena zuckte mit den Achseln. »Ich habe ihn auf Clairbornes Party getroffen. Er kam zu mir, weil er wissen wollte, ob Ihre Schwester ihn jemals lieben würde.«

»Bei Ihnen klingt das alles so harmlos«, stelle Phoebe fest.

»Weil es so ist«, bestand Elena.

»Warum sind Sie dann vor mir aus dem *Railyard Café* weggerannt?«, fragte Piper fordernd.

»Weil ich wusste, dass irgendetwas Böses seinen Schatten über Sie geworfen hat. Ich – ich wollte da nicht mit hineingezogen werden«, gestand Elena. »Aber dann habe ich mir noch einmal selbst die Karten gelegt. Sie haben keinen Zweifel daran gelassen, dass ich Sie finden und Ihnen helfen muss. Aber ich weiß nicht, was ich zu tun habe.«

Für Piper hörte sich dieses Geständnis nach einer einzigen Lüge an. »Was Sie zu tun haben, ist, uns nicht in die Quere zu kommen.«

Sie warf einen Blick über ihre Schulter und hörte Prue stöhnen. Ihre Brust hob und senkte sich, als würde eine schwere Last darauf liegen. Schweiß stand ihr auf der Stirn.

Piper blickte Phoebe an. »Wir haben keine Zeit für so etwas. Wir müssen sie hier herausbringen.«

»Sollen wir sie in den Flur schaffen?«, schlug Phoebe vor.

»Nein! Ihr müsst mich helfen lassen!«, protestierte Elena, als die beiden sie aus dem Raum hinaus zur Treppe drängten.

Mit einem zweiten Seil fesselte Piper sie am Geländer. Die Frau tobte immer noch, als die beiden Schwestern schon wieder auf den Dachboden zurückgekehrt waren. »Ohne mich schaffen Sie es nie!«, rief sie. »Ich habe es in den Karten gelesen!«

Piper trat wieder in das Oval, in dem Phoebe schon über Prue kniete. »Beeile dich. Wir verlieren sie«, murmelte Phoebe. »Ihr Puls wird immer schwächer, und ihr Atem ist viel zu flach.«

Piper kniete sich hin, nahm zuerst Prues Hand und dann Phoebes.

Phoebe holte tief Luft und begann dann mit der Beschwörung.

»Ich rufe die Macht der Drei.

›Das Leiden deiner Opfer, ihre höllische Qual,
lässt uns keine andere Wahl.
Um die Unschuldigen und die Schwachen zu schützen,
nehmen wir dir deine Kräfte,
bis sie dir nichts mehr nützen.
Für immer schließen wir dich ein,
nie mehr sollst unser Feind du sein.‹«

Piper schloss ihre Augen und wiederholte die Beschwörung zusammen mit Phoebe – einmal, zweimal, dreimal. Beim letzten Mal spürte sie, wie ein Fünkchen Energie sie durchfloss. Sie öffnete die Augen …

Prues Zustand schien unverändert. Ihr Atem war kaum wahrnehmbar, ihr Gesicht aschfahl.

Piper fühlte sich krank vor Sorge. Der Zauberspruch hatte versagt. Prue starb. Sie blickte Phoebe an, die über Prues Gesicht streichelte und mit den Tränen kämpfte.

»Was haben wir falsch gemacht?«, fragte Piper sie.

»Wir haben gar nichts falsch gemacht«, antwortete Phoebe. »Prue ist einfach zu schwach, um die Verbindung komplett zu machen. Ohne die ganze ›Macht der Drei‹ gibt es keine Hoffnung, sie zu retten.«

16

PHOEBE KONNTE ES einfach nicht glauben. Lascaris hatte sie mit seinen dunklen Mächten besiegt. Mit jeder Sekunde schwand Prue weiter dahin, hinein in einen Ort, an dem sie nie wieder zu ihr vordringen konnten – ein Ort, der weit jenseits des Einflussbereiches ihrer magischen Kräfte lag.

»Es muss doch einen Zauberspruch geben, der so stark ist, dass er auch mit uns beiden allein funktioniert«, sagte sie. Sie schlug mit ihrer Faust auf das *Buch der Schatten.* »Ein mächtiger, böser Hexer muss wieder in sein Gefängnis verbannt werden, und wir haben keine Ahnung, wie wir das anstellen sollen … es sei denn …« Sie dachte an ihre Vision. »Elena muss irgendetwas wissen.«

Piper hob den Kopf. »Vertraust du ihr etwa?«

»Nein«, antwortete Phoebe. »Aber im Augenblick ist sie die einzige Hoffnung, die wir noch haben.«

Piper riss die Dachbodentür auf. Phoebe folgte ihr ins Treppenhaus. Elena blickte auf, und Phoebe war überrascht, dass ihre Augen mit Furcht erfüllt waren. Diese Frau wusste definitiv etwas.

Piper hockte sich vor Elena hin. »Erzählen Sie uns alles über die Tarot-Karte … die eine, die prophezeit hat, dass Prue von Dunkelheit umgeben sein würde.«

Elena warf einen kurzen Blick auf Phoebe, bevor sie ihre Aufmerksamkeit wieder auf Piper richtete. »Ich weiß nur, dass das die mächtigste Karte von allen ist – und die tödlichste. Meine Familie glaubt daran, dass die Karten dich auswählen. Wenn ich eine Sitzung abhalte, bewegt sich die richtige Karte ganz von selbst in meine Hand. Ich war immer froh, dass die Karte des Schwarzen Turms noch nie in meinen Sitzungen aufgetaucht ist. Ich habe sie noch nie zuvor gezogen – nicht, bevor ich sie vor eurer Schwester aufgedeckt habe.«

Ihre Stimme klang so aufrichtig, dass es Phoebe schwer fiel, ihr nicht zu glauben.

»Und die Tarot-Karten haben Ihnen gesagt, dass Sie hierher kommen sollen?«, fragte sie.

Elena nickte zögernd. »Ich weiß nur, dass Sie beide meine Hilfe brauchen, wenn Sie Ihre Schwester retten wollen. Ich hatte gehofft, dass Sie wissen würden, was zu tun ist.«

»Tja, wir wissen es aber nicht!«, erwiderte Piper bissig. Sie stand wieder auf und funkelte Elena an. »Wir wissen es nicht, und unsere Schwester stirbt!«

Jetzt stand auch Phoebe langsam auf und erinnerte sich an ihre frühere Vision.

»Moment mal. Vielleicht wissen wir es doch.« Sie drehte sich zu Piper um und griff nach ihrem Arm. »Als ich in meiner Vision gesehen habe, wie Elena über Prue stand, dachte ich, dass sie ihr wehtun würde. Vielleicht habe ich mich ja geirrt. Vielleicht hat sie uns dabei geholfen, sie zu retten.«

Piper richtete ihren Blick auf die Wahrsagerin. »Und wenn du dich irrst? Wenn sie ein Werkzeug von Lascaris ist?«

»Wer ist Lascaris?«, fragte Elena.

»Ein Hexer, der Tarot-Karten dazu benutzte, um seine Opfer auszuwählen«, sagte Phoebe, als sie Elenas Fesseln löste. Sie wusste, dass die Kartenlegerin alles wissen musste, wenn sie ihnen irgendwie helfen sollte. »Er hat Besitz vom Körper und Geist unserer Schwester ergriffen und benutzt sie, um seine Kräfte und seine alte Macht wiederzubekommen.«

Piper griff nach Elenas Kinn und zwang sie dazu, ihr in die Augen zu sehen. »Und wir sind Hexen, aber wir werden Ihnen nichts tun. Solange Sie ehrlich zu uns sind.«

»I-ich schwöre es«, stotterte Elena.

Phoebe kniete sich vor die Kartenlegerin. Jetzt bin ich dran, dieser Frau richtig Angst einzujagen, bevor wir ihr Prues Leben anvertrauen, dachte sie.

»Wir müssen die Seele von Lascaris aus Prue austreiben und zurück in ewige Gefangenschaft verbannen. Wenn Sie uns anlügen, dann schwöre ich Ihnen, dass wir Sie zusammen mit ihm einschließen werden.«

»Ich lüge nicht«, versicherte Elena.

Phoebe nickte. »Okay. Wir werden den Zauberspruch noch einmal versuchen – nur wird diesmal Elena in der Mitte des Ovales stehen und die Turmkarte über Prue halten, genau wie in meiner Vision.«

Prue hörte ein Rauschen, das klang wie der von einem Sturm aufgewühlte Ozean. Ein Geräusch. Ein wunderbares Geräusch.

Dann verklang es wieder, und sie hätte über diesen Verlust weinen können.

Das Rauschen wurde zwar immer leiser, aber ihre Fähigkeit, wieder etwas zu hören, blieb erhalten. Sie hörte die süßesten Geräusche, die sie sich vorstellen konnte: Die Stimmen ihrer Schwestern, vereinigt in einem magischen Singsang. Sie lauschte angestrengt. Da war noch eine dritte Stimme – eine Stimme, die sie nicht wiedererkannte.

Aber das spielte jetzt keine Rolle. Sie wusste, dass ihre Schwestern herausgefunden hatten, was mit ihr los war. Sie wusste, dass sie versuchten, den Fremden zu vertreiben, der von ihr Besitz ergriffen hatte.

Sie musste ihnen helfen. Sie wusste, dass sie »die Macht der Drei« brauchten.

Der Mann in dem Umhang stellte zwei schwarze Kerzen auf jeder Seite des Altars auf. Auf dem Tisch lag ein Pergament. Prue warf einen heimlichen Blick darauf und las die Worte, die darauf standen.

»Böse bist du, und böse sollst du immer sein, aber nicht in dieser Welt, der du nichts bringst außer Schmerz und Pein / Wen du küsst, der muss den Tod erleiden / Doch mein Kuss soll unser Band für immer zerschneiden / Meine Lippen auf deinen sind die stärkere Macht / Lebe fortan im Smaragd, in deinem Turm, schwarz wie die Nacht.«

Waren das seine Worte – oder die Worte, mit denen er besiegt werden konnte? Sie erschauderte. Die Worten waren mit Blut geschrieben.

Sie starrte ihn an und beschwor ihre telekinetischen Kräfte herauf – fest entschlossen, ihn damit in Stücke zu reißen –, aber nichts passierte.

Sie war zu schwach. Er entzog ihr ihre Kräfte, genauso, wie er ihr das Leben aussaugte. Wie sollte sie ihren Schwestern dabei helfen, dieses Monster zu besiegen, wenn sie ihre Kräfte verloren hatte?

Sie dachte an die Worte auf dem Pergament. Ein Kuss hatte ihm das Leben zurückgegeben; ein zweiter würde das Band zwischen ihnen für immer zerschneiden.

Plötzlich wusste sie, was sie zu tun hatte.

Sie fühlte, wie die Kräfte ihrer Schwestern sie durchwogten.

Wenn sie die beiden hören konnte, dann würden ja vielleicht – und nur vielleicht – auch ihre anderen Sinne und Fähigkeiten wieder zurückkehren. Sie versuchte, die Worte zu formulieren und den Singsang zu wiederholen.

Es war kaum mehr als ein Flüstern, aber sie spürte, wie der Singsang tief in ihrer Kehle vibrierte. »Die Macht der Drei …

die Schwachen zu schützen … bis sie dir nichts mehr nützen … nie mehr sollst unser Feind du sein.«

In ihrem Bewusstsein hatte Lascaris eine eigene Welt geschaffen – eine Welt, in der seine Kräfte weiter anwuchsen, während er anderen das Leben stahl. Eine Welt, die er mit seinem nächsten Opfer wieder vernichten würde – mit ihr.

Sie wusste, dass er nicht mehr in dieser Welt der Schatten gefangen sein würde, sobald er sie erst einmal getötet hatte. Ihr Tod würde ihm das Tor zur Alltagswelt aufstoßen, wo er keinen Energieleiter mehr brauchte, um seine zukünftigen Opfer zu vernichten.

Und das bedeutete, dass sie ihn *hier* aufhalten musste – hier in dieser Dunkelheit, die sie allein mit ihm teilte.

Sie beobachtete, wie er das Pergament vom Altar nahm. »Und nun ein kleiner Test«, spottete er. Er hielt eine Spitze des Pergaments in die Flamme einer Kerze, und sie musste mit ansehen, wie es zu Asche verbrannte.

Er wischte sich den Ruß von den Fingern. »Ich habe meine alte Macht fast schon zurück«, sagte er zufrieden. »Sonst hätte ich dieses Pergament nicht zerstören können. Du warst mir wirklich eine unschätzbare Hilfe. Und nun«, fuhr er mit gespieltem Bedauern fort, »wird es Zeit, dass wir Adieu sagen. Komm zu mir und gib mir das ewige Leben.«

Prues Herz raste in ihrer Brust. Sie wollte nicht gehorchen, wollte nicht näher an ihn herangehen – und doch wusste sie, dass sie keine andere Wahl hatte.

Sie fühlte, wie sie durch die Dunkelheit schritt, genau auf den Altar zu. Als sie näher kam, schoss dunkles Blut zu beiden Seiten des Altars in die Höhe wie bei einem infernalischen Springbrunnen.

Sie trat näher an ihn heran.

»Ja, Prue«, krächzte er. »Ich habe dich für das letzte Opfer zu mir gerufen.«

Er zog die Kapuze seines Umhangs zurück, die bis jetzt immer sein Gesicht verborgen hatte.

Da stand ihr Mitternachtsphantom.

Er war geradezu unglaublich attraktiv, so, wie Prue ihn sich immer vorgestellt hatte. Ein Mann, den jede Frau begehren und damit als sein Opfer enden würde.

Aber diese schöne Oberfläche war nichts weiter als eine Maske, hinter der sich das pure Böse verbarg. Prue konnte jetzt durch sie hindurchblicken und sehen, was er wirklich war. Sie sah hässliches, geschwärztes Fleisch, das in Fetzen von seinem Gesicht hing. Sein fauliger Gestank drang ihr in die Nase. Hass und Triumph funkelten in seinen Augen.

Prue zuckte zusammen, als er ihren Kopf zwischen seine Hände nahm. »Danke, Prue«, sagte er. »Danke, dass du mir mein Leben zurückgegeben hast.«

Zuvor hatte er sie geküsst, hatte seine Lippen auf ihre gepresst, ihr ihre Stärke und ihre Macht geraubt. Aber diesmal wusste Prue, dass sie diejenige war, die das alles von ihm zurückstehlen musste.

Prue fühlte, wie alles in ihr vor dem bloßen Gedanken zurückzuckte, aber dann stieß sie ihren Kopf vor und presste ihre Lippen für einen letzten, abstoßenden Kuss auf die seinen.

Piper spürte, wie sie von der Energie durchzuckt wurde, die durch den Dachboden knisterte.

Auf dem Boden, im Mittelpunkt des Ovals, krümmte sich Prue zusammen. Halfen sie ihr – oder machten sie alles nur noch schlimmer?

Die Smaragd-Halskette, die auf Prues Brust lag, begann zu glühen und zu pulsieren, als ob sie ein lebendiges Wesen wäre.

Sie fühlte, wie Phoebe ihre Hand fester drückte, während sie sich und Prue an den Händen hielten. Elena stand über ihnen und hielt die Turmkarte in die Höhe. Sie war totenblass vor Angst und zitterte, aber Piper konnte spüren, dass auch sie ihre gesamte Energie dafür einsetzte, das Böse zu bekämpfen, das Prue gerade tötete.

Dann wurde der Raum von blendendem Licht erfüllt. Prues Körper zuckte zusammen.

Sie stirbt, dachte Piper. Sie stirbt, und wir können sie nicht retten! Sie musste mit schreckgeweiteten Augen ansehen, wie Blut aus allen Poren von Prues Körper hervorquoll. Piper fühlte, wie irgendetwas in ihr zerbrach. Wir haben sie verloren! Und trotzdem setzte sie den Singsang fort, wagte es nicht, damit aufzuhören.

Dann bildete sich langsam eine flackernde Gestalt. Sie glitt durch ihre Schwester, als ob sie nur ein Schatten wäre.

Lascaris.

Er war gleichzeitig das schönste und angsteinflößendste Wesen, das Piper jemals gesehen hatte. Sie geriet ins Stottern und hätte fast den Rhythmus des Singsangs verloren, doch dann zwang sie sich dazu, sich auf den Zauberspruch zu konzentrieren.

Sie ließ Phoebes Hand los, griff nach der Halskette, hielt sie hoch über ihren Kopf und richtete sie dann auf die Kreatur, die im Inneren ihrer Schwester gehaust hatte.

Eine neue und furchtbare Welle der Angst durchfuhr sie, als der Hexer seine wahre Gestalt annahm – verwesendes Fleisch, faulige Zähne, kalte Augen, Blut an den Lippen. Bedrohlich schwebte er über der regungslosen Prue, und Piper wusste, dass er ihr immer noch die Lebensenergie und den letzten Lebensfunken raubte.

»Für immer schließen wir dich ein!«, rief Piper.

Lascaris drehte sich zu Piper um und erwiderte selbstsicher ihren Blick. Sein Lachen hallte durch den Dachboden. »Ihr kommt zu spät«, höhnte er. »Ich bin wieder stark. Ich bin frei!«

17

PRUE FÜHLTE, wie ein unerträglicher Schmerz sie durchzuckte.

Sie hatte ihn geküsst. Sie hatte sich selbst dazu gezwungen, den Gestank seiner verfaulenden Haut, die Berührung seiner verwesenden Lippen zu ertragen.

Aber ihr Kuss hatte ihn nicht vernichtet. Er hatte ihn nur aus der Welt befreit, die er sich selbst erschaffen hatte.

Prue fühlte tief in ihrem Inneren ein Sirren – und sie begriff, dass während dieses höllischen Kusses noch etwas ganz anderes passiert war. Er hatte ihr eine Macht über ihn verliehen, die niemand sonst besaß – und er ahnte nichts davon.

Ihre Gedanken gehörten wieder ihr und wurden nicht mehr länger von ihm kontrolliert. Ihr Körper gehörte wieder ganz und gar ihr.

Er war fort. Das Böse, das in ihr gehaust hatte, war jetzt frei.

Frei, um nach Belieben neue Opfer zu suchen.

Das konnte sie nicht zulassen. Das durfte sie nicht zulassen.

Jetzt musste sie sich wiederholen, was ihr gehörte und was sie sich durch ihr Opfer verdient hatte. Langsam, aber sicher gelang es Prue, die sie umgebende Dunkelheit zu vertreiben. Sie sah einen winzigen Lichtfleck. Allmählich wurde das Licht heller, verschluckte die dunklen Schatten und löste sie dann gänzlich auf, als ob es sie nie gegeben hätte.

Der Lichtkreis wuchs und dehnte sich immer mehr aus. Prue erkannte, dass sie ihre volle Sehkraft zurückerhalten hatte. Die Dunkelheit war verschwunden. Sie fühlte, wie das Leben zurück in ihren Körper strömte. Innerhalb eines einzigen Augenblicks kehrten auch ihre anderen Sinne zurück. Sie fühlte das Holz des Fußbodens unter sich. Sie fühlte die Hitze, die von den Dutzenden von Kerzen ausging, die um sie herum standen.

Ihre Sinne waren zurückgekehrt, aber ihr Verstand war immer noch benebelt.

Und dann sah sie ihn.

»Sein Name ist Lascaris«, hörte sie Phoebe wie aus weiter Entfernung sagen. »Er ist ein Hexer.«

Ich weiß, wollte Prue ihrer Schwester zurufen, aber sie war einfach zu schwach.

Sie konnte ihn jetzt deutlich sehen – er schwebte in seiner wahren, grotesken Gestalt über ihr. Verrottendes Fleisch und faulige Zähne. Augen, in denen die Boshaftigkeit funkelte. Augen, die sich an Schrecken und Vernichtung erfreuten.

»Ich bin frei«, lachte er. Ein breites Grinsen entblößte seine geschwärzten Zähne.

Aber nicht mehr lange, schwor Prue bei sich und erinnerte sich an die Worte auf dem Pergament.

Lascaris drehte sich zu Piper um, und Prue fühlte, wie sich ihr Herz verkrampfte. »Nein«, flüsterte sie schwach.

Lascaris grinste und streckte fordernd einen knochigen Finger nach ihr aus. »Ich brauche mehr Lebenskraft.« Er bewegte sich langsam auf Piper zu. »Empfange meinen Kuss und sei dankbar für diese Gnade.«

Prue sah, wie Piper eine Handbewegung machte, um die Zeit anzuhalten.

Lascaris' Lachen hallte von den Wänden wider und erschütterte sogar den Boden. »Deine lächerlichen Kräfte können mich nicht aufhalten!«

Prue sah, wie Pipers Augen sich vor Schrecken weiteten, als er immer näher auf sie zukam. Ihre Kräfte konnten tatsächlich nichts gegen ihn ausrichten.

Piper kniete sich hin, griff nach Prues Arm und versuchte, sie aufzusetzen. »Prue, wir brauchen ›die Macht der Drei‹, und zwar sofort.«

Sie spürte, wie Phoebe ihr dabei half, sich aufzurichten. Wenn ich doch nur stehen könnte, dachte Prue.

Lascaris kam näher und näher, und Prue versuchte, ihre Kräfte einzusetzen, um ihn in Schach zu halten.

Aber sie war immer noch zu schwach. Zu schwach, um zu stehen. Zu schwach, um ihre Kräfte zu gebrauchen. Aber nicht zu schwach, um zu sprechen.

Prue fiel auf ihre Knie. Sie spürte, wie Piper und Phoebe versuchten, ihr zu helfen. Sie wusste nicht, ob sie Lascaris mit einem Bann belegen konnte. Aber ich muss es versuchen, dachte sie.

Prue hätte ihren Schwestern am liebsten gesagt, dass sie weglaufen und sich verstecken sollten, um sich selbst zu retten – aber sie wusste, dass sie ohne die beiden keine Chance hatte.

Die Macht der Drei.

Sie fühlte, wie sich Elenas Arm um ihre Taille legte, und dann stand sie aufrecht.

Flammen blitzten von den Ringen um Lascaris' Fingern auf, aber es gelang ihnen nicht, irgendetwas in Brand zu setzen.

»Ich bin beeindruckt«, krächzte er boshaft. »Vielleicht sollte ich dich noch einmal mit einem Kuss beglücken.«

Prue schüttelte langsam den Kopf. »Das glaube ich nicht. Böse bist du, und böse sollst du immer sein, aber nicht in dieser Welt, der du nichts bringst außer Schmerz und Pein.«

Sie schnappte nach Luft, ihre Beine zitterten. Dann sagte sie:

»Wen du küsst, der muss den Tod bald erleiden
Doch mein Kuss soll unser Band für immer zerschneiden
Meine Lippen auf deinen sind die stärkere Macht
Lebe fortan im Smaragd, in deinem Turm, schwarz wie die Nacht.«

Lascaris' hämisches Gelächter erfüllte erneut den Raum. »Du glaubst wirklich, dass du Macht über mich hättest?«

Prue fühlte, wie sich die Arme ihrer Schwestern fester um sie schlossen und ihr mehr Kraft gaben.

Mit ruhiger Stimme wiederholte sie die Worte, und ihre Schwestern stimmten in den Singsang mit ein. Sie spürte, wie ihre Kraft wuchs. Wieder begann sie damit, den Spruch aufzusagen, und diesmal stimmte auch Elena mit ein.

Und dann sah sie, was Elena in der Hand hielt. Die Tarot-Karte mit dem Symbol, das zu dem auf Lascaris' Robe passte.

Der Schwarze Turm.

Sie riss Elena die Karte aus der Hand und wusste, dass sie, Prue, der Mittelpunkt der Welt war, die er erschaffen hatte. Indem er sich alles von ihr genommen hatte, gab er auch ihr allein die Macht, ihn zu vernichten. Und als sie sich dazu entschlossen hatte, ihn zu küssen, hatte sie sich dieser Verantwortung gestellt.

Sie hielt ihm die Karte entgegen und begann wieder mit dem Singsang.

»Nein!«, schrie Lascaris, als er die Karte sah.

»Nicht noch einmal!« Er krümmte sich vor Schmerz. »Ihr seid Närrinnen, wenn ihr glaubt, ihr könntet mich wieder in die Gefangenschaft verbannen.«

Aber als sie gemeinsam wieder und wieder den Zauberspruch aufsagten, wurde ›die Macht der Drei‹ immer stärker. Sie umschlang ihn und packte ihn mit einem unbarmherzigen Griff. »Nein!«, schrie er noch einmal. »Schickt mich nicht wieder zurück! Ich kann euch Macht geben, die ihr euch nicht einmal in euren kühnsten Träumen vorstellen könnt! Ihr könnt meine Bräute werden. Ihr alle! Gemeinsam werden wir die Welt beherrschen!«

»Ich habe deine Welt gesehen«, rief Prue ihm entgegen. »Ich habe darin gelebt. Sie gefällt mir nicht.«

Die Karte noch fester umklammernd, begann sie noch einmal mit dem Sprechgesang.

Lascaris schrie gequält auf, als ein blendendes grünes Licht aus der Halskette herausschoss, die Piper in der Hand hielt. Es hüllte ihn ein wie ein Leichentuch und umgab ihn von Kopf bis Fuß.

»Nein!«, rief er ein letztes Mal.

Sein Körper zuckte und wand sich.

Prue fühlte, wie ihre Kräfte wuchsen und sie von Energie durchströmt wurde. Sie riss Piper die Smaragd-Halskette aus der Hand und warf sie in das auf den Boden gezeichnete Oval. Mit ihren Kräften drängte sie Lascaris zurück, bis er genau über dem großen Edelstein stand, vollständig eingehüllt in das magisch-grüne Licht.

Zum letzten Mal wiederholte sie den Zauberspruch.

Das feurig lodernde, grüne Licht zog Lascaris' sich windenden Körper in sich hinein – und er verschwand in dem Smaragd.

18

PIPER EILTE ZUM *Railyard Café*, wo sie sich mit ihren Schwestern zum Mittagessen treffen wollte. Es war jetzt eine Woche her, dass sie Lascaris' Seele wieder in die Smaragd-Halskette verbannt hatten.

Schon erstaunlich, was so ein kleiner Zauberspruch alles bewirken kann, dachte sie freudig. Alle, die nach Prues Küssen krank geworden waren, hatten sich schnell wieder erholt. Billy war wieder bei der Arbeit und erschuf neue wunderbare Appetithäppchen. Alles war wieder normal.

Sie eilte die Treppen hinauf, verfehlte eine Stufe und ging mit einem leisen Aufstöhnen zu Boden. Doch bevor ihre Knie schmerzhaft die Stufen berühren konnten, fühlte sie, wie starke Arme sie auffingen. Sie blickte auf und sah genau in Jakes lächelnde braune Augen. Ihr stockte der Atem. »Was machst du denn hier?«

»Eine Befragung durchführen.«

Sie richtete sich wieder auf und machte sich aus seinen Armen los. Seit sie ihn im Vorgarten hatte stehen lassen müssen, hatte sie nichts mehr von ihm gesehen oder gehört. Sie hatte schon jede Hoffnung aufgegeben, Jake noch einmal wieder zu sehen.

»Eine Befragung?«, wiederholte sie.

Er nickte grinsend. »Yeah. Hast du eine Minute Zeit?«

Sie deutete auf die Eingangstür zum Café. »Ich bin mit meinen Schwestern verabredet und …« Sie hielt inne. Was tue ich denn da? Im Augenblick lauert doch keine böse Macht hinter der nächsten Ecke. Dieses eine Mal gibt es keinen Grund zur Panik. »Sicher. Ich bin sowieso ein paar Minuten zu früh dran.«

»Großartig. Ich würde dich gern bei etwas ganz Bestimmtem nach deiner Meinung fragen.«

Er nahm sie bei der Hand. Sie liebte das Gefühl seiner Hand, die sich um ihre schloss. Er führte sie zur Außenseite des Restaurants, wo ein roter, ausrangierter Tramwagen als Außenlokal hergerichtet worden war. Er führte sie die Metallstufen hinauf ins Innere. Piper blickte sich erstaunt um. Die Tische waren aufgestellt, aber es war kein einziger Gast zu sehen.

Er ging in eine Ecke und zwängte sich selbst zwischen die Rückwand und einen Tisch. Dann zog er sie näher an sich heran.

Ihr Herz hämmerte gegen ihre Rippen, und sie spürte, wie ein kleines Zittern sie durchströmte. Sie roch sein Rasierwasser und sah die kleinen Lachfältchen um seine Augen.

»Ich denke mir gerade einen neuen Film aus. Der Held hat darin einige Probleme, die Heldin allein zu erwischen, damit er sie … küssen kann. Er möchte sie zum Essen ausführen, an irgendeinen außergewöhnlichen Ort. Vielleicht einen Ort wie diesen.«

»Allein? Hier? Der Laden ist doch normalerweise gerammelt voll«, warf sie ein.

»Ich dachte, der Held könnte vielleicht eine Abmachung mit dem Manager des Restaurants treffen, sodass keine anderen Gäste hineingelassen werden. Dann wären dort nur die beiden bei Kerzenlicht. Glaubst du, die Heldin würde das romantisch finden?«

Piper lächelte. »Ich glaube, sie würde das wahnsinnig romantisch finden.«

»Glaubst du, sie würde etwas dagegen haben, wenn der Held sie küssen würde, noch bevor er sie zum Abendessen ausgeführt hat?«

Schluckend blickte Piper in seine braunen Augen. Für einen Moment sah sie dort Unsicherheit aufblitzen, aber vor allem sah sie dort Aufrichtigkeit. »Ich bin ganz sicher, dass sie absolut nichts dagegen hätte.«

Ein Lächeln machte sich auf seinem Gesicht breit. »Gut.«

Er beugte seinen Kopf nach vorn. Piper schloss die Augen, stellte sich auf die Zehenspitzen und schlang ihre Arme um seinen Nacken.

Der Kuss war noch atemberaubender, als sie erwartet hatte. Voller Wärme und Sanftheit brachte er sie dazu, sich wie etwas ganz Besonderes zu fühlen, als ob sie die einzige Frau wäre, die ihm jemals etwas bedeutet hätte. Als er vorbei war, fühlte sie sich atemlos, schwindelig und absolut glücklich.

Sie blickte zu ihm auf, ihre Arme immer noch um ihn geschlungen.

»Ich hole dich heute Abend um sieben Uhr ab«, sagte er leise.

»Ich werde auf dich warten. Und diesmal verspreche ich dir – keine Ausflüchte, keine Störungen und kein plötzliches Verschwinden.«

Er löste seine Umarmung und griff nach ihrer Hand. »Glaubst du, der Heldin würde es gefallen, wenn der Held diese Verabredung mit einem weiteren Kuss besiegeln würde?«

»Ganz bestimmt«, sagte sie grinsend. »Mit einem wunderbaren, langen Kuss.«

Er nickte. »Ich habe nicht viel Einfluss darauf, was im Drehbuch passiert. Ich denke mir nur die Grundgeschichte aus, aber ich werde zusehen, dass wir am Ende der Verabredung noch einen Kuss einbauen können.«

Piper machte einen kleinen Schritt auf ihn zu. »Streng genommen hätte die Heldin auch nichts dagegen, wenn du auch deine Befragung mit einem weiteren Kuss abschließen würdest.«

»Nachdem ich so lange auf den ersten warten musste, scheint mir das nur fair zu sein«, sagte er, bevor sich seine Lippen wieder sanft auf die ihren legten.

»Was hat es mit diesem geheimnisvollen Lächeln auf sich, das du im Gesicht trägst, seit du hier hereingekommen bist?«, fragte Phoebe.

Pipers Grinsen wurde noch breiter. »Ich bin vor ein paar Minuten Jake in die Arme gefallen – und zwar wortwörtlich. Er hat mich geküsst, und wir haben uns für heute Abend verabredet.« Sie hielt mahnend den Zeigefinger in die Luft. »Und nichts – weder ein Dämon noch ein Hexer – wird mich davon abhalten, dieses Date wahrzunehmen.«

Phoebe schüttelte den Kopf. »Klingt, als ob Jake bereits einen Liebeszauber über dein Herz verhängt hätte.«

Piper drohte ihr mit dem Finger »Habe ich dir nicht gesagt, du sollst das Thema Liebeszauber nie wieder erwähnen?«

Phoebe lachte und ließ ihren Blick durch das *Railroad Café* schweifen. Elena saß mit ihren bunten Schals an einem Tisch und legte ihre Tarot-Karten. Als sie das Echo eintretender Schritte hörte, blickte sie auf und entdeckte Prue. Auch sie lächelte strahlend, und ihre Schritte hatten einen beschwingten Rhythmus.

Mit einem zufriedenen Seufzen ließ sie sich auf ihren Stuhl fallen.

»Und warum bist du so gut gelaunt?«, fragte Phoebe.

»Ich habe gerade einen Blumenstrauß in einer viktorianischen Vase bekommen – zusammen mit einer süßen Karte von Robert. Ich hatte ihm eine E-Mail geschickt, in der ich mich dafür entschuldigt habe, dass ich so gemein zu ihm war und ihm einen Korb gegeben habe, als er hier war.«

»Klingt, als hätte er dir verziehen«, sagte Phoebe.

»Ich glaube schon. Er ist zwar schon wieder in Paris, aber er schreibt, dass er vielleicht schon im Frühling zurück nach San Francisco kommt. Dann will er mich zum Mittagessen ausführen.«

»Das ist ja wunderbar!«, sagte Piper.

Prue beugte sich nach vorn. »Aber eins kann ich euch versprechen, es wird eine Weile dauern, bis ich ihn küssen werde – ihn oder sonst jemanden!«

Den Kopf schüttelnd lachte Phoebe zusammen mit Piper laut auf. »Ja, ja. Das haben wir doch schon einmal gehört.«

»Ich frage mich, ob er von Claiborne jemals die Halskette bekommen hat«, sagte Prue.

»Wenn nicht, können wir nichts dafür«, sagte Piper. »Sobald Lascaris' Seele wieder sicher darin gebannt war, haben Phoebe und ich noch einmal die Zeit angehalten und sie wieder in Claibornes Haus zurückgebracht.«

»Claiborne hat gar nicht gemerkt, dass sie weg war?«, fragte Prue.

»Nö«, sagte Piper. »Wir haben sie wieder dahin gelegt, wo wir sie gefunden hatten.«

»Bist du sicher, dass du mit Robert ausgehen möchtest?«, fragte Phoebe und zog dabei die Augenbrauen zusammen. »Ich meine, glaubst du, dass jetzt nichts mehr passieren kann, wo er die Halskette hat?«

»Ich glaube, das ist schon okay – Lascaris ist für weitere hundert Jahre sicher eingeschlossen. Außerdem bin ich sicher, dass Robert nicht ahnt, dass der Smaragd das Gefängnis eines Hexers ist«, sagte Prue.

»Wenigstens hoffen wir, dass er es nicht weiß«, ergänzte Phoebe.

Prue nahm einen Schluck Wasser. »Für Robert ist es nur eine Halskette aus dem siebzehnten Jahrhundert mit einem sehr wertvollen Edelstein. Er ist nur ein Antiquitätenhändler, Phoebe. So wie ich.«

Phoebe hob eine Augenbraue. »So wie du? Du bist eine Hexe.«

Prue seufzte. »Gutes Argument.«

»Entschuldigen Sie, meine Damen«, sagte Elena lächelnd. »Würden Sie sich gerne die Zukunft vorhersagen lassen?«

Prue warf einen kurzen Blick auf ihre Schwestern, bevor sie Elena ansah. »Äh, nein, danke.«

Phoebe sah Elena nach, als sie davonging. »Dieser Zauberspruch zur Auslöschung der Erinnerung hat gut funktioniert«, sagte sie. »Sie hat keine Ahnung, wer wir sind.«

»So sollte es auch bleiben«, meinte Prue. »Ihre Prophezeiungen waren für meinen Geschmack ein wenig zu exakt.«

»Allerdings«, stimmte Piper zu und dachte an Jake. »Ich muss schon sagen, ich habe es in letzter Zeit wirklich geschafft, bemerkt zu werden.«

»Moment mal«, sagte Phoebe und erinnerte sich an die Prophezeiung, die ihr gemacht wurde. »Ich hingegen bin aber nicht im Geringsten zu Geld gekommen.« Da erregte etwas Glänzendes auf dem Fußboden ihre Aufmerksamkeit. Sie griff danach und lächelte, als sie eine funkelnagelneue Viertel-Dollar-Münze in die Höhe hielt, damit ihre Schwestern sie sehen konnten. »Tja, was sagt man dazu …«

Der Autor

Wenn er nicht gerade als Computerprogrammierer arbeitet, verfasst Brandon Alexander Gruselromane und andere Geschichten für ein jüngeres Leserpublikum. In seiner Freizeit baut er am liebsten 3D-Puzzles oder amüsiert sich im »Tower of Terror« in Disney World. Brandon hat den größten Teil seines Lebens in Texas verbracht und lebt zur Zeit in der Nähe von Dallas.

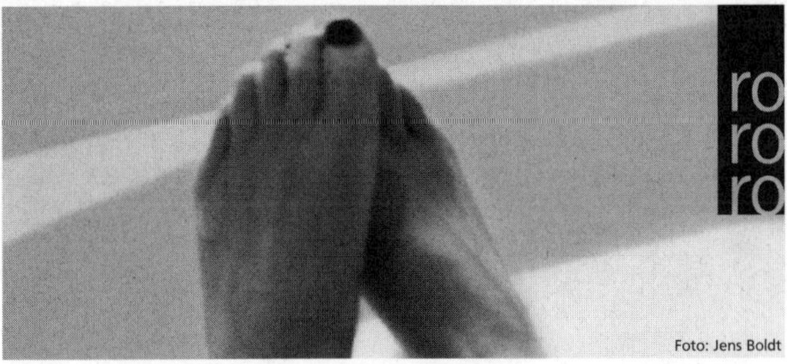

Foto: Jens Boldt

Die weibliche Problemzone heißt Mann!

Kathrin Tsainis
Dreißig Kilo in drei Tagen
Roman
3-499-22925-0
Vicky ist nicht dick, aber sie fühlt sich fett. Sie hätte gern wilden Sex mit ihrem neuen Schwarm, traut sich jedoch nicht, ihn anzumachen. Und eines weiß Vicky ganz genau: Ihr Leben sähe anders aus, wenn ihr Bauch flacher wäre, ihre Beine straffer und ihr Hintern kleiner. Abnehmen ist angesagt. Egal wie. Hauptsache, schnell fünf Kilo runter. Denn dann kommt das Glück von ganz allein. Oder nicht?

Tagediebe
Roman
3-499-23302-9

Christine Eichel
Wenn Frauen zu viel heiraten
Roman
3-499-23369-X

Ildikó von Kürthy
Mondscheintarif
Roman
3-499-22637-5
«Ich musste eine Schlaftablette nehmen, weil Lachzwang mich am Einschlafen hinderte.» (Wolfgang Joop)

3-499-23287-1